Cyflwynir y llyfr hwn

i

Jim Perrin

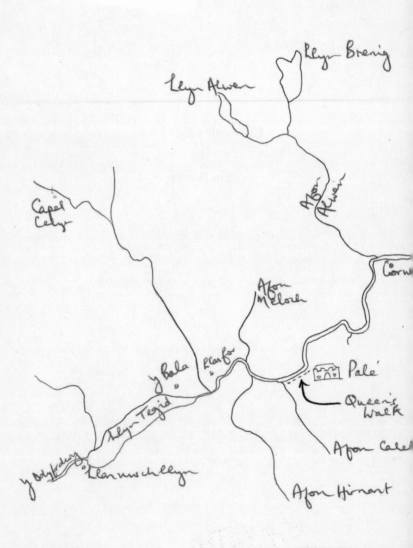

Llyn Brenig

Llyn Alwen

Capel Celyn

Afon Alwen

Corw

Afon Mcloch

Llanfor

y Bala

Pale

Queen's Walk

Llyn Tegid

Afon Caleb

y Glytfydag

Llanuwchllyn

Afon Hirnant

ENILLYDD Y FEDAL RYDDIAITH 2009

SIAN MELANGELL DAFYDD

Y TRYDYDD PETH

Gomer

Cyhoeddwyd yn 2009 gan
Wasg Gomer, Llandysul, Ceredigion SA44 4JL.

ISBN 978 1 84851 090 6

Dymuna'r cyhoeddwyr gydnabod cymorth
Cyngor Llyfrau Cymru.

Argraffwyd a rhwymwyd yng Nghymru gan
Wasg Gomer, Llandysul, Ceredigion.

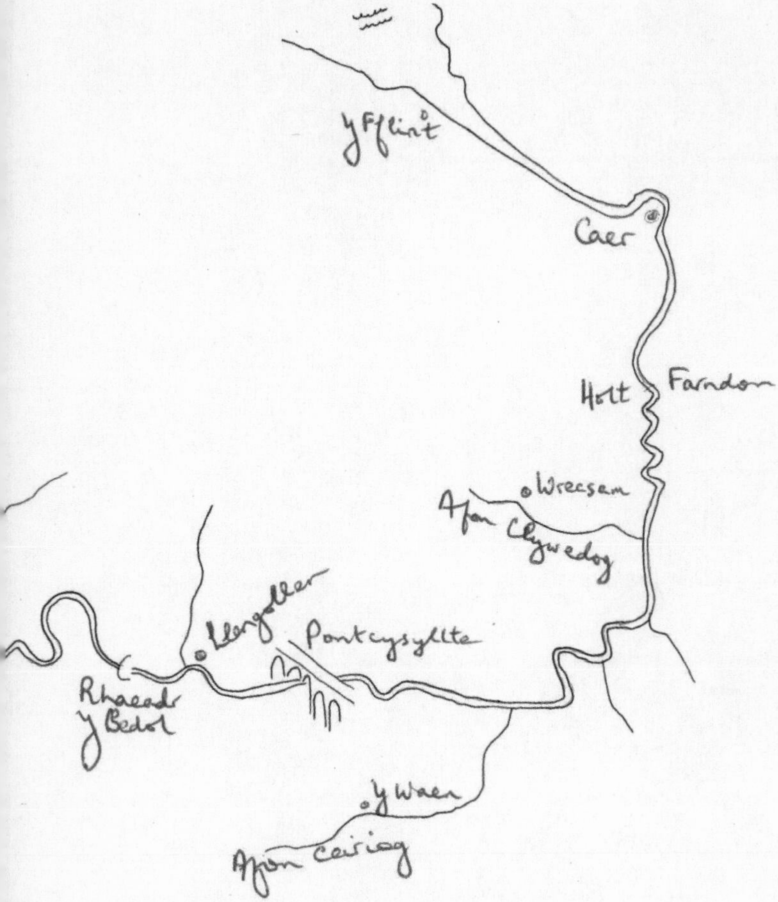

Y Fflint
Caer
Holt
Farndon
Wrecsam
Afon Clywedog
Llangollen
Pontcysyllte
Rhaeadr y Bedol
Y Waen
Afon Ceiriog

y rhan gyntaf

Blas blin sydd gen i yn fy ngheg, braidd. Roedd o'n fy nghadw i'n effro. A does dim pwynt aros yn y gwely fel'na, nag oes? Am blwc, mi ddois i lawr staer a gwneud te a brechdan jam i mi fy hun. Tua'r tri. Ac wedyn codi am chwarter i chwech fel arfer, a gwneud tamaid o frecwast. A chysgu wedyn yn y gadair – tan un ar ddeg, cofiwch. Wel, dwi 'di cael pendro braidd. A wyddoch chi be oeddwn i 'di 'i wneud? Bwyta'r bacwn yn amrwd.

Roeddwn i hanner ffordd i fyny'r mynydd – a meddwl, wedyn – nad o'n i wedi'i gwcio fo. Meddwl yn siŵr . . .

Mae'r blas drwg yn dal yno. Fel petai fy nhafod i'n ddu. Roedd hynny, pan oeddwn i'n 'rysgol, yn golygu fod rhywun yn dweud celwydd – tafod ddu.

Mi fydda i'n sôn am bethau fel y bacwn wrth y doctoriaid a'r bobl swyddogol 'ma sy'n dod heibio. Mae isio'u pryfocio nhw. Ac wedyn maen nhw'n dweud, 'Wel, Mr Owens, wnaethoch chi ddim blasu'r gwahaniaeth?' fel petai o'n ddiwedd y byd.

Maen nhw'n dod yma i chwilio am brawf 'mod i'n colli crap ar bethau. Gofyn, 'Beth ydech chi'n 'i wybod am y Ddyfrdwy ar y dyddiad hwn-a-hwn.' Y math yna o beth. Trio fy nhricio fi. A phrocio 'nghorff i, gofyn am gael gweld lliw fy nghachu i – 'excrement' maen nhw'n ei alw o. Fedrwch chi ddim byw heb dystiolaeth yn y byd yma heddiw. Tystiolaeth 'mod i'n hen, yn wallgof ac yn beryg maen nhw'n ffereta amdani hi. Tystiolaeth o fath wahanol sydd genna i iddyn nhw.

Mi fydda i'n dweud wrthyn nhw 'mod i'n nofiwr, yn ffit, yn mynd tua'r Ddyfrdwy yn fy nhrôns nofio i roi MOT i'r corff 'ma.

'Pryd?' fyddan nhw'n gofyn.

'Pan nad oes neb yn edrych,' fydda i'n ei ddweud. Dwi 'mond yn aros i ryw ffŵl fy nghyhuddo i o wneud y byd yn lle mwy peryg.

Maen nhw'n dweud na ddylwn i dynnu pobl i 'mhen. Jest cadw i mi fy hun. Y dylwn i wneud heb gariad, os ydw i'n dewis byw fel hyn. Ac mae sawl dyn wedi byw heb gariad; dim un heb ddŵr. Rydw i wedi meddwl lot am hynny'n ddiweddar. Ond beth wnes i erioed ond nofio, ac ymladd am beth sy'n iawn?

Reit, dyma be rydw i isio'i wneud: fy nghyflwyno fy hun yn iawn. Nid nodiadau, *'Excrement: runny. Skin: dry.'* Fyddwch chi ddim balchach o gael gwybod. Cyflwyno, go iawn. Mae corff yn cario tystiolaeth gadarn am fywyd person, lle buodd o, be wnaeth o, sut fuodd o fyw, y straeon – llawn cystal ag unrhyw beth arall. Ond does gan y blydi doctoriaid ddim diddordeb yn y cefndir. Reit, dyma fi: George Owens.

Tydw i ddim yn bencampwr nofio nac unrhyw rwtsh fel'na. Un tal ydw i, 'lanci' fel mae rhai'n dweud, ac wastad wedi bod. Siâp addas i nofiwr, o'r diwrnod ddois i allan o'r groth. Babis hir ydi'r Owens, bob un. Fy mhlant i a phlant fy mhlant o'r un mowld. Owns o allu gen i, a lot fawr o egni. O, a digon o eiddigedd at bysgod 'falle. Neu ddyfrgwn, a bod yn fanwl gywir. Cefnder o famolyn sy'n medru llithro'n ddidrafferth rhwng dau fyd gymaint haws na dyn. Allwch chi'm peidio ag edmygu creadur sy'n ymddangos mor sbesial, na allwch? Un diwyd ond chwareus. Mae isio benthyg rhywbeth ganddo fo, deall mwy. Ac er gwaethaf unrhyw boen yn y cyhyrau neu hergwd i'r pen-glin ar graig gwely'r afon wrth nofio, da ydi mynd. Gwrandewch:

> *Water is H_2O, hydrogen two parts, oxygen one,*
> *but there is also a third thing, that makes it*
> *water and nobody knows what that is.*

Fe glywais i hyn, flynyddoedd yn ôl, yn rhan o sylwadau dyn o'r enw Patrick rhywbeth, o Brifysgol Bangor, oedd yn beirniadu fin nos yn 'Steddfod Llan. Anghofiais i pwy oedd wedi'i ysgrifennu o gan 'mod i'n rhy brysur yn gwrando. Addfwynder oedd gynno fo hefyd wrth siarad, a rhyw ffordd o aros nes i bawb dawelu'n llwyr cyn cychwyn. Diolch fod rhywun yn rhywle heb ei berswadio i fynd yn weinidog hefo llais fel yna.

Ac rydw i wedi bod ar drywydd y tair llinell am y trydydd peth er hynny. Chwilio yn llyfrgell y Bala, dim gobaith. Dolgellau chwaith. A llyfrgellwyr ddim callach. Nes i un o lyfrau Nan ddisgyn yn agored pan oeddwn i'n dadbacio'i llyfrau hi yn y tŷ newydd, a dyna lle roedd o – D. H. Lawrence – ac wedi'i gynnig ei hun i mi fel yna, ar y dudalen iawn. A 'falle mai'r unig beth ddylwn i fod wedi'i wneud oedd holi 'ngwraig.

Diddordeb yn y trydydd peth sydd gen i. 'Tydi hynny ddim yn gofyn gormod, nac ydi?

'Nôl at y disgrifiad ohonof fi'n hun, i wneud eich llun yn llawn. Croen gwelw, peryg llosgi ond gwallt du fel y frân, nid coch fel byddai 'nghroen i'n gwneud i chi feddwl. Mae cochion yn y teulu yn rhywle hefyd. Ochr Mam. O ochr arall 'mynydd. Gwylliaid cochion, ac ati. Ond du fel y frân oedd hithau hefyd. Dim darn o wyn yn ei gwallt pan aeth hi: y gwyn i gyd yn ei chroen.

Amrannau Mam sydd gen i. Amrannau dynes. O leia, rhai digon hir i wneud merched yn genfigennus. Digon hir i fflapio yn erbyn lens sbectol yn ddi-baid a gwneud i mi feddwl fod pry rhwng y lens a channwyll fy llygad bob tro rydw i'n blincio. Wedyn mae'n rhaid i mi sychu'r sbectol bob hanner awr. A chenfigennus ydi merched. Fy merch, a'i ffrindiau i gyd, a dynes ar y bws i Aberystwyth un tro, 'Diawch, dyna i chi lwcus ydech chi,' fel petai gen i rywbeth llawer mwy sylweddol: trwyn yn medru ogleuo cloron fel mochyn neu lygaid sy'n gweld drwy wal. Ac wedyn cynigiodd Cola Ciwb i mi – a hwnnw wedi glynu yng ngwaelod yr hen fag papur – ac edrych arna i bob hyn a hyn, o'r tu ôl i'w chylchgrawn, rhag ofn fod yr amrannau anhygoel wedi diflannu. Yn bersonol, mi alla i feddwl am bethau mwy ymarferol i'w hetifeddu.

A dwylo – wedi dotio hefo 'nwylo i oedd Nan. Un ryfedd oedd hi. Alla i ddim dweud fod dim byd arbennig amdanyn nhw, fy hun.

'Does gen ti'm dwylo hel llus, nag oes?' meddai hi, a gosod ei llaw hi ar f'un i, fel llaw doli ar blât.

Nag oes, nag oes wir. A hithau wrth ei bodd yn gweld y ffasiwn gyflwr ar fy mysedd i ar ôl diwrnod o hel. Ysgwyd ei phen yn dawel bach wrth fy ngwylio i'n gwneud smonach biws, dywyll iawn, iawn yn lle llenwi fy nhun hanner peint hefo llus, a hithau'n hel llond tun peint yn yr un amser. A byrstio pryfed cop cystal â ffrwythau hefyd, cofiwch. Hen bethau sy'n mynnu marw. Siwgr du yn rhoi ewinedd glöwr i mi. A chraith penhwyad ar y llaw chwith, sy'n gwneud i chi feddwl fod fy mawd i wedi bod yn hollol rydd un tro.

Ond roedd Nan yn caru'r dwylo 'ma, yn'de. Wedi priodi'r rheiny'n fwy nag unrhyw ddarn arall ohonof fi. Dyna lle mae perthynas yn dechrau: dal dwylo neu ddal bys bach fel asgwrn lwc cyw iâr rhyngon ni. Gosod un ar ben y llall yn y pictiwrs, mwytho, mela, rhannu modrwyon, gosod un ar ben y llall yn y 'sbyty, mwytho.

Ydech chi'n gweld? Dwylo ydi'r peth. Ac mi fydden ni'n sgwrio dwylo'n gilydd ar ôl bod yn hel llus, nes eu bod nhw'n pwmpio'n goch. A rŵan, dwi'n gadael i'r llinellau duon fod – y rhai sydd i fod i ddarogan sut beth fydd fy nyfodol i – maen nhw'n ddwfn ddu ond does dim angen *darogan* llawer, bellach. Dyna ni, mae dwy flynedd ar bymtheg ers i 'mysedd i gael sgwriad mor drylwyr. Os oeddwn i'n mynd i farw o dorcalon, siawns na fyddai hynny wedi digwydd erbyn hyn. Ond mae nofio dro ar ôl tro o leia yn rhoi llyfiad golch i mi.

Be chlywais i erioed mohoni'n ei ddweud oedd, dwylo nofio.

A beth am y gweddill ohonof fi? Rhaid i mi ddweud, heb fy nillad, un taclus ydw i. Siâp gwaith. Cyhyrog. Y nofio – rydech chi'n gwybod am hwnnw'n barod – a cherflunydd ydi o. Ac mi fedra i gerdded y Berwyn o frecwast hyd de, heb flino, hefo dim ond tarten fach Mr Kipling i lenwi bwlch. Sy'n dipyn o beth i rywun newydd droi'n naw deg dau. Mae 'migyrnau i'n dewach nag oedden nhw. Fy nghroen i'n fwy a minnau'n llai, drostaf. Ond dwi'n reit sbriws, hefyd; digon o fynd ynof i eto.

Ac er 1938, mae gen i un wythïen wahanol yn mynd i fyny 'mraich chwith. Blwyddyn dyngedfennol, honno. Gaeaf 1938. Mi ddo' i at hyn eto.

Mae'n od o beth, disgrifio fi'n hun heb fy nillad. Llai o embaras fyddai dangos, rywsut. Gwneud i mi feddwl 'mod i'n mynd drwy sleids fy mywyd gan ddweud, 'Dacw fi yn Llanfor, a dacw fi yn y Bala, a dacw fi eto.' Y math yna o beth. Maddeuwch i mi. Un swil ydw i fel arfer. Ac un lletchwith. Ac mae siarad yn gwneud i mi deimlo'n fwy noeth na dim.

Yr wythïen roeddwn i'n sôn amdani: mae hi'n slaffar o beth, yn codi'n galed o 'mraich i, hyd yn oed os bydda i heb fod yn nofio neu godi gwlân neu unrhyw beth fuasai'n achosi iddi bwmpio. A phetaech chi'n ei hastudio hi'n fanwl, mi sylwech ei bod hi'n cychwyn wrth waelod y llinell fywyd ar gledr fy llaw chwith, fel nant, yn troi'n lwmp cnotiog ar f'arddwn i, fel Llyn

Tegid, ac yn union fel mae'r Ddyfrdwy'n ei wneud, yn troi'n siâp bwa drwy Edeirnion, o Landrillo hyd at Lyndyfrdwy. Sythu wedyn, tua Farndon a Chaer, chwalu'n gant a mil o wythiennau bach dros gyhyr fy mraich lle bydd y dŵr drudfawr yna'n cael ei gondemnio i halen môr.

Rydw i wedi edrych arni ochr yn ochr â map ac mae siâp y ddwy yn rhy debyg i fod yn unrhyw beth ond perthyn. A pha syndod. Mae 'na ryw waith ymchwil yn cael ei wneud ym Mhrifysgol Sydney ar hyn o bryd i effaith tirwedd . . . maddeuwch y Gymraeg – dŵr, dŵr. Dŵr-wedd! Effaith hwnnw ar siâp y corff dynol. Fy wyres, Ceri, ddarllenodd rywbeth yn y *Sydney Morning Herald* a'i anfon i mi. Mae'n debyg fod yr holl dywydd braf a chwaraeon dŵr yno'n eu gwneud nhw'n fwy ymwybodol o'r corff. Taswn i ddim ond yn medru byw yn ddigon hir i weld canlyniadau'r ymchwil, fe fyddai hynny'n goblyn o beth i'w gael yn fy ffeil dystiolaeth.

Sy'n dod â mi yn ôl at 1938 pan ddechreuodd yr wythïen ei dangos ei hun yn gliriach na chlir. Er hynny, fi sydd wedi bod yn berchen afon Dyfrdwy. Ie, fi, George Owens. Yn ôl cyfraith gwlad. Ac mae gen i swmp o dystiolaeth i brofi'r peth.

Mae hynny'n fwy o drafferth na'i werth, weithiau. Yn siop y bwtsiar un tro, er enghraifft. Mi ddweda i wrthoch chi am hynny. Rhywdro yn '92 oedd hi, a minnau newydd symud i mewn i'r tŷ yn y pentre ar ôl gwneud cowdel o 'mywyd yn ôl llinyn mesur cyffredin. Nan wedi mynd – stori arall. Ond mynd ydi mynd ac felly doedd neb yno i dendio arna i ar ôl i mi fod yn nofio nac i roi shwsh ar ffrae. O leiaf gallwn ymuno â hi mewn cymun dŵr bob rhyw ychydig, a nofio.

Dweud oeddwn i, wrth y bwtsiar, Edi Rwden, mai athrylith oedd pwy bynnag ysgrifennodd y geiriau, '*I'd Rather be a Hammer than a Nail*'. Ac Edi yn cytuno'n llwyr. Wrth ei fodd. Mae 'na ffordd o ddweud pethau mae pobl isio'u clywed, 'does? A gwneud iddyn nhw feddwl mai fi ydi'r athrylith, yn dweud hynny yn y lle cynta. A be 'di'r pwynt bod yn sarrug mewn ciw siop, d'wed? Mae'n rhaid bod yno on'd oes? Dim dewis gan neb. Malu awyr i lenwi amser oeddwn i. Mae o, y bwtsiar, yn sôn am Simon a Garfunkel o hyd, fel mae'r barbwr wastad yn sôn am ei gi.

Braf oedd hi, yn sefyll yno o flaen cywion ieir di-ben o dan wydr y cownter, a fyntau'n sleisio cig eidion yr ochr arall. Roedd o mor bles, mi bwyntiodd ata i, fel petai o'n dweud, 'Ti 'di'r boi, da iawn ti, ti'n llygad dy le.' Y math yna o beth, ond wrth gwrs roedd yr holltwr cig yn dal yn ei law o – od hynny, sut gall ystum hollol gyfeillgar edrych yn un milain. Camodd pawb ar fy ochr i o'r cownter yn ôl un cam siarp. Am a wn i nad ydi dyn bodlon hefo cyllell yn ddim saffach na dyn blin.

Mi faswn i wedi bod yn fodlon 'y myd yn hymian tipyn o Simon a Garfunkel lle roeddwn i, yn aros fy nhro. Ond fe drodd y sgwrs at y Ddyfrdwy, fel mae pethau'n medru gwneud heb rybudd, a 'Sut fedrwch chi fod yn berchen afon, felly? Fedrwch chi esbonio i mi? Achos fedrwch chi ddim, na fedrwch – bod yn berchen ar afon . . '

'Medri,' ddwedais i.

Ac i ffwrdd â ni eto. O, mi fedra i restru'r cwestiynau i chi'n rhibidirês. Achos dyma maen nhw'n ei wneud, wastad: gofyn cwestiwn sy'n cynnwys yr hyn maen nhw'n gredu ddylai'r ateb fod. Yn gadael dim lle i mi roi fy ateb fy hun. Dim ateb o unrhyw fath. Ac yn fy ngadael i'n teimlo'n ddim byd ond twp. Waeth iddyn nhw heb â meddwl 'mod i ddim yn deall y gêm.

Ac mi ddylai o wybod yn well, achos pwy ydi'r bwtsiar 'blaw ŵyr Tom – 'Cigydd Rwden Butcher' mewn llythrennau coch ar y ffenest. Tom Rwden: rhywun oedd, yn siŵr i chi, yn rhan o'r cynllwyn i'm gwneud i'n berchen y Ddyfrdwy yn y lle cynta!

Felly fe ddylai o, o bawb, fod wedi etifeddu dealltwriaeth.

'Beth ydech chi'n feddwl hefo "afon" beth bynnag? Y dŵr ynddi neu'r tir sy'n ei dal hi?' ydw i'n ei gael ganddo fo, am y canfed tro. Ac rydw i jest â dweud: wy; cyw! Wy; cyw!

'Achos does neb yn berchen y dŵr, a dydech chi, siŵr Dduw, ddim yn berchen dim un cae yn unlle.' Felly dyna lle roedd o'n dweud wrtha i, jest fel yna, ''Di o ddim yn gwneud *sens*, George.'

Mi ro' i *sens* iddo fo! Meddwl ei fod o'n medru rhoi gwers i mi am natur afon! A fyntau ddim yn deall y pethau symla ac, yn waeth byth, yn gwrthod. Dyma be faswn i'n licio'i ddweud, dyma 'di pobl ddim yn ei ddeall: mae hi'n symud o hyd, afon. Ei chyfeiriad hi'n altro, fel petai ganddi *left hook* sydyn rai dyddiau. Gymaint faswn i'n licio defnyddio un o'r rheiny ambell dro – swing dros y cownter cywion ieir. Ond dyna ni: yr afon, mae hi'n treulio'r tir. Ac mae'n cymryd cymaint o amser i hynny ddigwydd fel na fyddai neb sy'n byw'n agos ati'n sylwi ar y gwahaniaeth o un diwrnod i'r llall. Fel gwylio bys munud cloc. Welodd rhywun hwnnw'n symud erioed? Ond yr un un afon ydi hi wedyn!

Rŵan 'te, mewn tro dwfn, mae'r dŵr yn ymosod ar y lan, ar ochr allanol yr U bedol fel 'tai, ac yn distyrbio'r lan nes ei bod hi'n disgyn yn ddarnau i'r dŵr. Mae'r tro wedyn yn mynd yn ddyfnach ac yn ddyfnach nes, un diwrnod, y bydd llifogydd yn gwneud i'r afon fyrstio dros wddf y tro a chreu llwybr cyflymach a llyn bach unig lle roedd y tro'n arfer bod.

Fel neidr ddiawl o ara-deg-bach, yn symud dros y blynyddoedd, y mae afon, os ydi hi'n cael ei gadael i'w mympwy ei hun. Chware triciau. Diflannu a symud a chwyddo. Ond *os* ydi hynny, *os* a *phetai* hi'n cael dilyn ei mympwy ei hun, a'r gwir ydi, gan amla, tydi hi ddim. Meddyliwch chi am y Ddyfrdwy rŵan – dyna i chi Raeadr y Bedol a'i pherffeithrwydd cymesur er mwyn llywio dŵr i'r gamlas, gatiau'r Bala i reoli dŵr Tryweryn, a'r camlesi dieflig yna tua'r diwedd, ar ôl Caer. Prin y mae hynny'n naturiol.

A 'mhwynt i ydi hyn: nid dim ond y dŵr ydi afon. Nid dim ond y glannau ydi afon chwaith. Mae'n gyfanwaith ac yn drydydd peth. 'Tydi o'n ddim byd i'w wneud â phris dŵr na hawl pori. Ond triwch chi ddweud hynny'n bwyllog, wrth ddyn sy'n flin yn barod, tra bo pobl yn y ciw yn aros am sosej!

Ac yn fwy fyth, sut mae dweud wrth ddyn fel hwn? Rydw i wedi trio ac wedi 'laru'n llwyr. Hen lwmp ydi o! Ac mae cwestiwn arall wedyn: ai fi bia'r dŵr pan fydd y dŵr yn y môr? Pan fydd y dŵr yn gwmwl? Wedyn mae o'n cael hwyl – yn adrodd ei wersi gwyddoniaeth i mi fel petawn i'n gwybod dim. Dŵr yr afon i ddŵr y môr i ddŵr yn anweddu'n gymylau, gwaddodi, glaw – O, hei presto! – afon – dŵr yn yr afon a cherrig yn slic.

Wel, clyfar iawn. Mae'r dyn wedi pasio'i lefel O ac yn rhedeg busnes.

'O'i gymharu ag unrhyw gwmwl arall, sut ydech chi'n gwybod pa un bia chi, a pha ran o ba un?' Ac mae o'n dechrau rhyw gêm o bwyntio allan drwy'r ffenest. Rhyw sioe, 'Ylwch – fancw,' a mwy a mwy o bobl yn dod i'r ciw. Ac mae o'n cyfeirio at y *cumulus* hwn a'r *stratocumulus* arall ac yn dweud, 'Beth ydech chi'n ei feddwl, Mrs Patti Huws?' Roddodd o ddim cyfle iddi hi agor ei cheg, heb sôn am roi barn. 'Tase George yma'n dweud mai fo bia'r wafft bach acw o gwmwl, neu nacw? George bach, y ffasiwn drafferth ydech chi'n gael, yn cadw trac arni – eich Dyfrdwy!' Mae o'n gofyn wedyn ydw i'n mynd o gwmpas y lle yn hawlio dafnau glaw fel ôl-Ddyfrdwy, 'Hei, mae'r darn glaw yna wedi bod i lawr y Ddyfrdwy un tro ac felly fi sydd bia fo. Peidiwch â meiddio sefyll yn ei ffordd o!'

Ac erbyn hynny mae pawb wedi camu'n lân oddi wrtha i fel petawn i – nid fo – yn chwifio holltwr cig, a 'mod i'n debyg o ffrwydro unrhyw eiliad. Ond maen nhw'n chwerthin, beth bynnag – i mewn i'w dyrnau, dim ond chwerthin, achos y peth ydi – mae lol y bwtsiar yn hollol wirion ac yn haeddu mwy na rhyw biffian chwerthin. Mae'r syniad yn haeddu ha-ha cegagored, dannedd gosod yn beryg o ddisgyn allan, math o beth, 'tydi? Meddyliwch – unrhyw un yn mynd o gwmpas yn dweud mai fo bia'r glaw? Ond tydi o ddim yn gweld 'mod i'n cytuno hefo hynny. Ac mai fo 'di'r ffŵl, yn meddwl 'mod i fel yna. Yn methu'n lân â deall be ydi afon yn y lle cynta!

Ac mae o'n dweud: petawn i – fi, cofiwch – ddim ond yn meddwl am y peth o ddifrif, dim ond hyn-a-hyn o ddŵr sydd yn y byd a'r cwbl lot yn cael ei ailgylchu. Ac mae o'n troi'n dipyn o athro i ddweud hyn: stecen i lawr, menig plastig i ffwrdd, dwylo allan, a phopeth.

Felly, er i'r byd gael ei greu, mae'n rhaid bod pob un moleciwl bach o ddŵr yn y byd wedi teithio o Dduallt i'r môr, o leia unwaith, fel gwaed mewn gwythiennau yn mynd rownd a rownd y corff meddai. Ffliciodd ddiferyn o waed oddi ar ei fwrdd torri hefo blaen y gyllell a phwyntio at hen boster o fustach wedi'i hollti yn ei hanner i ddangos ei du mewn.

Dŵr mewn afon; gwaed mewn corff. Dim ond hyn-a-hyn ohono fo. Mae ei dystiolaeth o'n dda. Ond ei ddefnydd ohoni'n wallgof. A'i ddadl ddim yn dal dŵr –

esgusodwch fy iaith! Dim syniad be 'di'r gwahaniaeth syml rhwng dŵr ac afon. Mae rhywbeth anesboniadwy'n digwydd wrth i ddŵr gyfarfod dŵr. Ac wrth i waed gyfarfod gwaed, ond fod enw ar hynny: teulu. A dyna sut mae'r byd yn mynd yn ei flaen.

'Ac os hynny,' meddai, 'rydech chi'n berchen dŵr y byd i gyd!' Dŵr y byd i gyd, cofiwch! 'Hynny yw, *os* ydech chi'n berchen dŵr oedd unwaith yn y Ddyfrdwy, o gwbl.'

Dyna ni! Dŵr. A dŵr *yn* y Ddyfrdwy. Dau beth gwahanol. Wel, roedd o'n ateb ei gwestiynau ei hun, 'tase fo ond yn gwrando. Rhywle yn ei isymwybod, yn gwybod fod angen mwy na dŵr i wneud y Ddyfrdwy. Ond dall ydi o i'r hyn mae greddf yn ei ddweud a sticlar am beth mae o i fod i'w goelio. Y math o fachgen sy'n rhoi'i fys yn y tân achos bod rhywun wedi dweud wrtho am wneud hynny, er ei fod o'n gwybod, yn rhywle, fod hynny'n wirion.

'Dio jest ddim yn licio 'mod i wedi'i stopio fo rhag 'sgota sawl tro. Dyna'r cwbl. Ond mae gen i berffaith hawl, yn union fel landlord mewn bar, i ganiatáu a gwahardd pwy bynnag ydw i'n ffansi. A does gen i ddim ffansi'r olwg ar ei wyneb o.

Gorffennodd y bwgan bwtsiar bacio'n stecen i, 'Stecen i un,' a'i slapio hi ar wyneb y cownter gwydr a dweud, 'Fel dwedais i. Dim *sens*, Owens.'

Ysgol Llan, roedd plac pren uwchben y cloc yn yr ystafell fawr. Gorau arf, arf dysg. Os dysgwch chi hynny, mi ddaw popeth arall. Mae'n rhaid trio, dal i drio, ond peth di-ben-draw ydi dysgu. A fuodd pawb ddim yn ysgol Llan. Ond o'r rhai fu yno, 'So what,' ydi hi. *So what!* Maen nhw'n coelio yn eu Duw ac yn eu tir ac yn holi dim byd am ddim byd.

A fi? Mae'n rhaid i mi ysgwyddo cyfrifoldeb am yr afon yng nghanol hyn i gyd. Waeth befo '*Aye, aye!*' coeglyd y bwtsiar a phwy bynnag arall sy'n fy herio i – pawb – rhaid peidio colli'n limpyn. Trio. Ac ydi hi'n anfoesol dweud, 'Fi bia hi'? Fi *sydd* bia hi, ac mae gan bobl eraill geir mawr, maen nhw'n mynd ar wyliau egsotic neu – O, dwn i'm – mae ganddyn nhw ddillad sy'n edrych yn newydd sbon danlli bob dydd. Ac mae gen i afon. Ac mae'n ddrwg gen i os ydi mynnu hynny yn hyll o beth ac yn – be maen nhw'n ddweud? – faterol – cyfalafol.

Rhaid bod yn onest, tydw i ddim yn gwneud ffys achos y cyfrifoldeb yn unig. Fi *bia* hi, felly fi ddylai fod *bia* hi. Mae pobl yn mynd i'r cwrt am lai y dyddiau hyn. Dadl dros fodfedd o dir o boptu gwrych rhwng dau dŷ a ballu. Felly, ydi hi'n syndod ei fod o'n codi gwrychyn os ddwedith rhywun, 'Na, nid ti bia'r Dduwies afon.' Rhywbeth sy'n werthfawr y tu hwnt i werth ariannol, rhywbeth gwerth dadlau drosti?

Ond does dim dweud wrth rai pobl. Ydech chi'n gweld pam 'mod i wedi 'laru ar y byd diddeall, dall yma?

A beth bynnag, y diwrnod hwnnw yn siop Edi, ildio wnes i, camu'n ôl a rhoi'n welington dde yn syth i mewn i focs o wyau – rŵan dim ond bwtsiar fel fo fyddai'n stacio wyau yn eu bocsys tila, ar y llawr! A gadael wnes i, heb fy stecen; cerdded heibio pawb oedd yn aros am eu neges a chasáu pob un ohonyn nhw. Nhw hefo'u bagiau plastig a'u bagiau trol a'u basgedi'n bangio yn erbyn fy mhengliniau a minnau jest isio mynd o'no hefo'm sawdl melynwy. A dreifio.

Sens! Dyna maen nhw ei angen, a 'tydi cyfraith ar ei phen ei hun ddim yn ddigon iddyn nhw.

Cefais air â chyfreithiwr flynyddoedd yn ôl, am 'mod i'n methu osgoi sgyrsiau o'r math yma. Fe wnaeth i mi eistedd i lawr a rhoi paned gall i mi – chware teg – cyfreithiwr oedd yn dweud pethau cas am gyfreithwyr, yn eu galw nhw'n bethau fel, 'mwnci pen-dafad' – gwych o beth – a dyn fyddai ddim yn gwisgo tei os nad oedd rhaid iddo. Cwrt a chapel, fel pawb arall. Felly mi wnes i apwyntiad i'w weld o yn ei swyddfa, ac mi aeth â mi i mewn i Ystafell Gynghori fach, dim llawer mwy na lle chwech tafarn. Rhoddodd ei ddwy law ar y bwrdd, a wyddoch chi be ddwedodd o?

'George Owens, mae'n anodd; mae'n anodd iawn arnoch chi, yn amlwg. A'r unig beth alla i'ch cynghori chi, fel cyfreithiwr, ydi na ddylech chi byth gymysgu cyfraith â chyfiawnder.'

Fe eisteddodd yn ôl yn ei gadair a dyna oedd ei diwedd hi. Chododd o ddim ceiniog arna i. Wedi meddwl, dwi'n siŵr 'mod i'n adnabod ei dad o hefyd. Bachgen o Langynog. Teulu da.

Wedi hynny, yn dawel bach, agorais ffeil a dechrau

hel ffeithiau. Rhai am y gyfraith a rhai sy'n sefyll ar wahân i'r gyfraith. Mae hi'n ffeil drwchus, led talcen tew'r bwbach bwtsiar yna, bellach.

Rhaid profi iddyn nhw. Ac os na wnaiff neb wrando rŵan, un diwrnod, ar ôl i mi fynd, mi fydd y ffeil yma ar ôl. Ac rydw i wedi darganfod pethau na fyddech chi na nhw byth yn eu coelio, fel arall. Un felen ydi hi. Yn y drôr cyfrinachol yn y cwpwrdd deuddarn, sy'n agor o du mewn y drôr sgwâr chwith. Ac erthygl Sydney, er enghraifft, o dan 'Ymgorfforiad dŵr a thir.'

A dyna fydda i'n ei ailadrodd, i wneud y byd yn well lle. Geiriau'r cyfreithiwr. I ddamnio pob un â'i fywyd bach taclus oedd yn y siop yna ac ym mhob un sefyllfa lle nad does neb yn gwrando.

A beth feddyliech chi? Mrs Pwy Bynnag Oedd Hi yn dod heibio wedyn hefo'm stecen i, ac wel, roeddwn i'n teimlo dipyn bach yn euog o fod wedi bod mor ddig hefo hi cyn hynny, yn enwedig gan ei bod hi wedi dod allan o'i ffordd. Un o'r Sarnau ydi hi, mae'n debyg. Rydw i wedi'i gweld hi o gwmpas. Ond alla i'm yn 'y myw gofio lle roedd hi yn y siop. Ac mae'n rhaid ei bod hi'n gwybod pwy ydw i, a lle i ddod o hyd i mi. Dyna be sy'n digwydd pan ydech chi'n berchen afon a phan ydech chi'n hŷn na bron iawn bawb arall sy'n dal i sefyll. Dim ond un ohonof fi, a babis newydd ym mhobman o hyd.

Roedd hi hyd yn oed wedi talu am fy stecen i, Mrs – y ddynes yna. Ac yn gwrthod cymryd ceiniog na phaned amdani hi. Doedd dim rhaid iddi, nag oedd?

Hithau'n un o'r rhai oedd wedi bod yn chwerthin ar fy mhen i hefyd. Felly mi rois i'r tegell ymlaen i wneud paned i'r ddau ohonon ni – isio paned ai peidio, paned oeddwn i am wneud. Fe esboniais i ei bod yn amhosib osgoi ffrae fel yna. Maen nhw'n digwydd, er bod y gyfraith ar f'ochr i. Triais esbonio cyfraith Hywel Dda iddi, fod popeth yn glir am y gyfraith yn fan'no. Ond roedd dweud 'Hywel Dda' wrthi gystal â dweud 'Bin Laden' wrth rywun yn y chwedegau. Dim clem. Ac fe aeth hi cyn i'r te fod yn barod.

Does dim byd gwaeth na phaned mewn tŷ oer i wneud i rywun fod yn ymwybodol o'i ffaeleddau ei hun. Un hyll ydw i wedi gwylltio. A does fiw i rywun fy nghroesi i ar y darn yna o'r ffordd o'r Bala adre chwaith. Bu bron i mi ladd fy nhad un tro, wrth i mi ddod rownd y gornel fel cath i gythraul ac yng nghanol y ffordd, cofiwch. Wel, mae cywilydd arna i. Rhywun oedd wedi mynd o dan 'y nghroen i'r adeg honno hefyd, siŵr, wedi codi cwenc drwy ddweud nad fi oedd bia'r Ddyfrdwy. A diolch byth am frêcs. Dwi'n gwybod yn iawn fod bai arna i am fod yn un gwyllt ar y ffyrdd ond peidiwch â dweud gair rŵan, neu mi fetia i chi, cyn i chi ddweud Hywel Gwynfryn, y bydd rhywun wedi dweud 'mod i'n rhy hen a ddim ffit. Ond mae peryg, w'chi, peryg iddyn nhw gymryd y leisens oddi arna i. A beth fyddwn i'n ei wneud wedyn?

• •

Nofio sy'n cael gwared ar y gofidiau yma. Mynd yn Llanw Coch Awst, y blynyddoedd pan oedd yr afon ar ei mwya creulon a phawb arall yn ypsét am yr ŷd oedd wedi mynd. Ei llond hi o ysgubau ŷd yn mynd tua Chaer. Dim iws iddo fo yn fan'no, nag oedd! A phrin oedd y pridd yn medru sugno mwy o wlybaniaeth erbyn hynny, felly daear wleb soc a llawn dop oedd ym mhobman, ac unlle i'r dŵr fynd 'blaw creu llynnoedd. Minnau byth a hefyd yn cychwyn allan o'r tŷ a hithau'n haul braf a'r awyr yn ddifygythiad, ac wedyn cael fy nal mewn cawod. Ddylwn i fod wedi dysgu, deall y gêm ac aros adre, neu o leia gario côt fel pobl hanner call. Ond beth bynnag am hynny, allan ydw i, wastad. Ac mae'r glaw yn dod, pistylliad haf go iawn. Talpiau trymion o law cynnes yn llyfu fy wyneb wrth i mi fynd ar hast drwy'r Parc – tir Plasty Palé, w'chi – ac wedyn torri drwy'r mieri yn Queen's Walk a llochesu rhag y gawod, nid o dan ryw goeden bansi, ond yn y Ddyfrdwy.

O'r pair i'r tân, meddech chi? Gwell hynny o beth gythgam. Ac os 'di glaw yn anfon pobl i lechu dan fargodau a choed, a chadw pawb arall yn eu tai, mae hynny'n rhoi rhyddid i mi, 'tydi? Ers pryd dydi croen ddim yn sychu?

Felly, i ffwrdd â'r dillad wrth i mi straffaglu ar lan yr afon, a stwffio popeth y tu mewn i'm siwmper yn y gobaith y cadwai honno'r gweddill yn weddol sych.

Yr union bwll hwnnw roeddwn i'n arfer nofio ynddo yn fachgen, o dan gangen amddiffynnol derwen anferth. Ac yno, lle mae'r afon ar ei mwya dioglyd, y bydda i'n dechrau nofio fel arfer. Rhaid mynd i mewn dros eich pen, ar hast, yn benderfynol. Anadlu allan wedyn – ar ôl, O, dwedwch, rhyw funud – ac mae'ch croen chi'n oglais drosto fo, ac yn barod. Eich cylchrediad chi wedi sortio'i hun. Ac yno, pan mae'ch llygaid ar lefel y dŵr fel yna – golwg broga, fel 'tae – mae yna darth tlws dros y dŵr. Yno mae o, o hyd, ond nid os ydech chi'n edrych i lawr arno fo. Ac fe allwch chi weld pob un diferyn o law yn glanio. A'r peth ydi, maen nhw'n bownsio, fel peli, nid yn mynd yn slwsh i'r dŵr. Wedyn maen nhw'n byrstio, reit o flaen eich llygaid, nes eich bod chi'n teimlo, wir, mai'ch llygaid chi fydd y nesa i fynd.

Mi fydda i'n gadael i'r glaw hawlio'r afon ac yn nofio. Rhaid hofran dros y gwair dŵr cyn dechrau cicio, ond wedyn mae yna ddarn godidog o gerrynt cyflym a dwfn, digon i fedru nofio go iawn a cholli synnwyr o'r gwaelod. Teimlo dim byd ond peryg dŵr a thrigain milltir jâd o 'mlaen i, yr holl ffordd i Gaer anweledig.

Dod â dryswch wneith glaw i afon. Stilio 'mhen i, ar un llaw, a chynhyrfu'r afon ar y llaw arall. Codi pob math o ryw geriach o waelod afon. Cynhyrfu'r gwaelodion, maeth wedi gwaddodi, gwenyn marw, gwyfynod, paill. Hyd yn oed y torlannau'n torri mewn storm go iawn a phryfed genwair yn ffeindio'u bod nhw mewn dyfroedd dyfnion. Wedyn, mae'r afon yn chwyddo, fel petai dim lle i'r dŵr rhwng y gronynnau pridd a'r graean, ac aer yn cael ei chwalu i mewn hefyd, hefo'r glaw. A phan ddigwyddith hynny, mae'r ocsigen fel arian byw yn yr afon fudr.

Dyfrdir: ddim yn ddŵr nac yn dir yn gyfangwbl. Dim byd i'w weld o dan dŵr erbyn hynny. A theimlo (ydech chi'n deall hyn?) fod y byd yn gandryll ac wrth i hynny ddigwydd fwyfwy, fod raid i'r nofiwr gadw'i bwyll a symud yn esmwyth. A bod harmoni yn hynny. A phan mae pethau ar eu heitha, a'r awyr rhwng y dafnau glaw yn brin a minnau'n meddwl mai fi ydi'r unig un ar ôl. O! Mae mynd yn wych!

Mae nofio mewn clai fel'na yn gwneud y darn nesa yn anodd. Mae 'na damaid bach o'r afon sy'n garegog ar hyd y gwaelod. Mae peryg o dolcio pengliniau, os nad crafu stumog, a dim gwaelod i'w weld. Wedyn, daw cornel o ffau goed, dywyll a dŵr dwfn, honno roeddwn i wedi'i galw'n Ogof 'Slywod yn fachgen ac sy'n fy nychryn i hyd heddiw er na welais i erioed 'slywen yno. Wrth ddod i ben Dôl Tudur, rhaid nofio fel y cythraul yn erbyn yfflon o gerrynt nes 'mod i mewn dŵr bas ac yn cicio fy mhengliniau yn syth i mewn i wely'r afon heb ddeall hynny. Cryfder sydd raid ei gofio, nid cyflymder.

Ac mae'n rhaid dod allan cyn pont Llan – rhaid – neu mi fydda i yn y pwll tro ar yr ochr arall. Fan'no mae pobl yn mynd i ladd eu hunain achos ei fod o'n siŵr o weithio yno: eu cyrff nhw'n taro llif tro cyn iddyn nhw gael cyfle i ddechrau amau a newid eu meddyliau. Maen nhw'n dweud ei fod o cyn ddyfned â Llyn Tegid. Roedd Pennant wedi cael ar ddeall gan rywun fod yno chwe llath a deugain o ddŵr a thair llath o fwd. Ac os bydd rhywun yn dechrau boddi yn y llyn neu ym mhwll tro Llan, wrthi'n boddi fyddan nhw tan Sul y Pys.

Ond mae glaw yn boddi pob sŵn: cân adar, traffig, potsiars, beth bynnag liciwch chi – ac wrth i'r awyr ddisgyn, yr afon yn codi'n dawch trwchus tuag ati. Clyfar, w'chi, yr afon: mynd drwy bob un o'n synhwyrau a'u gosod nhw, bob un wan jac, ar ryw donfedd wahanol, allan o'r ffordd, fel 'tai. A gadael fy nghorff i'n wan iddi. Hawdd iawn fyddai ffeindio fy hun yn y pwll tro, o ystyried sawl gwaith rydw i wedi nofio mor agos ato.

Dŵr ydw innau hefyd, yn y dŵr. A chithau. Ydech chi'n cofio'ch gwyddoniaeth? Ac mae nofio yn f'atgoffa o'r hyn yn union ydi 'nghorff i – be'n union maen nhw'n ei ddweud, saith deg y cant o'r corff dynol yn H_2O? Dyna'r oll yden ni yn y bôn. Llwch i'r llwch? Malu cachu. Dŵr i'r dŵr. Ac wrth nofio, mae'ch tu mewn chi'n dechrau symud i'r dŵr o'i amgylch. Cydraddoli tymheredd. A hofran mewn rhyw stribyn o groth anferth. Y garw a'r gwynfyd.

Dwi fel 'slywen wedyn, 'slywen wedi'i syfrdanu, yn dew 'y nghroen o ddŵr afon ac yn llysnafedd a chrafiadau mwd i gyd. Ond yn fwy byw o lawer nag oeddwn i hanner awr cyn hynny. Ac yn fyddar. Y Ddyfrdwy yn dal yn fy nghlustiau. Hyfryd o beth. A gwylio'r afon yn dal i bawennu'n hurt o ffyrnig am ei glannau ei hun, a hynny heb y sŵn sy'n perthyn iddi.

Defaid o 'nghwmpas i'n brefu heb ddim yn dod o'u cegau. Toeau ceir yn gwibio dros y bont, heb injan nac egsôst na dim. Ac uwchlaw, mynyddoedd fel chwyddiadau dyfriog yn agor allan o'i gilydd un ar ôl y llall, ffriddoedd Bryn Meredydd a'r Berwyn yn llwyd a glas a phiws, yn mynd yn eu blaenau.

Meddyliais am eog, yn gorfod nofio i fyny'r afon a chlamp o donnau fel y mynyddoedd yna o'i flaen. Meddwl yno, am hir, a minnau'n noethlymun yn eistedd ar hen wreiddyn derwen. Dŵr yr afon yn dal yn oer arna i, ond o'i golwg hi'n llifo heibio, gallai rhywun feddwl ei bod hi'n gynnes, fel cawl. Wel, mae'r byd i gyd yn wych ar amser fel'na. Felly, pam lai – mi fydda i'n aros yno yn y glaw, yn tynnu'r cwbl lot i mewn i 'mhen am sbel cyn mynd yn 'y mlaen.

A 'falle 'mod i'n honco, ond dim gymaint fel bod peryg i mi gerdded adre drwy'r pentre fel yna. Rhowch hynny i mi. Dillad gynta', siŵr Dduw. Ac mae'r rheiny, fel arfer, heblaw'r siwmper, yn weddol barchus, o feddwl. Honno'n fwy tamp na gwlyb, diolch i'r gwair hir. A beth fydda i'n ei wneud, wedyn, ydi gwisgo'r dillad sych a rhoi'r siwmper dros fy mhen i gerdded adre. Mae'r Bryntirion wastad yn demtasiwn wrth droi am adre. Chwith? Dde? Ond ar ôl cael cipolwg, 'tydi o'm yn gwneud rhyw lawer o sens, hyd yn oed os ydi'r waliau'n oren o olau'r lle tân, hyd yn oed os ydw i ffansi, a hyd yn oed os oes golwg llipryn gwlyb yn mynd i fod ar bawb, nid jest fi, a hithau'n fudr tu allan. Ond penderfynu'n erbyn fydda i. Mwynhau temtio'n unig. Hôm, Jêms. Fyddai dim awydd gadael y Bryntirion arna i ar ôl setlo.

Fel 'se chi'n disgwyl, fe ddiflannai'r stormydd mor gyflym ag oedden nhw'n ymddangos, a 'ngadael i'n wlyb trwodd p'un ai oeddwn i'n rhedeg adre ai peidio. I ffwrdd â'r dillad, eu pilio nhw i ffwrdd yn y ports ffrynt a 'ringio'r dillad isa yn sinc y gegin. Faint sychach faswn i, ar ddyddiau fel yna, yn peidio nofio? Wedi cerdded adre ar f'union ar ôl gweld y dafn glaw cynta, heb foddran nofio? A chymaint tlotach.

Adre, eistedd o flaen tân mewn dillad o'r cwpwrdd tanc sydd raid, yfed rhywbeth sy'n c'nesu'r cocls, gwydraid o win rhiwbob neu win ysgawen; pendwmpian. Teimlo'n oer hyd fêr f'esgyrn. Oer ond glân, glân. Fy nghroen i'n groen cynta, tender, melfed fel clai.

Yfed dau wydraid hefyd, a chysgu. A phiwis fyddai'r Ddyfrdwy am ddyddiau wedyn. Un felly ydi hi.

• •

Fues i'n mynd hefo 'nhad i olchi'r Ddyfrdwy. Carthiad blynyddol hefo'r ciperiaid. Mynd yn fachgen, hedyd. Yr unig blentyn ymysg yr holl ddynion. O edrych yn ôl, does dim syndod 'mod i wedi cael fy newis i ofalu am yr afon.

Roedd o'n amlwg i bawb, bryd hynny, fod y dewis yn un naturiol.

Gwaith caled oedd o, a diwrnod difrifol: dydd Gwener Groglith. Wedi dweud hynny, sylwch chi, rhowch job i ddynion, un ag unrhyw beth i'w wneud â llond y lle o ddŵr, ac mi fydd pob un ohonyn nhw fel plentyn yn sydyn reit. Chware bach ymladd cleddyfau hefo cyrff pysgod llipa. Tom yn cipio pen toredig penhwyad ac yn cogio rhoi sws ar ei drwyn o, fel gwnaeth rhyw Rwsiad hefo un byw un tro, a cholli ei drwyn!

'Falle na welwch chi mo'r peth yn digwydd y dyddiau hyn, wedi meddwl. Arhoswch chi – dwi'n siŵr i mi fod lawr hyd bont Llan a Thyddyn Inco'r Groglith dwetha a doedd dim un enaid byw i'w weld. Does dim rheswm pam ddylai neb stopio carthu'r afon, mae hynny'n sicr. 'Blaw diogi 'falle. Bydd raid i mi fynd ar ôl y ciperiaid i holi, ben bore. Diawcs, mi fyddai hynny'n esbonio dipyn ar y diffyg pysgod erbyn hyn. 'Radeg honno roedd digonedd o rai mawr: eog, penhwyad, brithyll, penllwyd, draenogyn. A 'slywod mor dew â braich. Llai rŵan; llai o gythgam, o bopeth.

A minnau wedi beio'r coniffers am ddiffyg pysgod . . .

Mi feia i'r coniffers 'thynnag. Yr hen goediach 'ma'n bla ers y pumdegau. Fermin sydd ynddyn nhw, dim ond fermin. Rhyw wenwyn – dwi ddim yn gwybod yn union beth – oddi ar y coed. A be 'di 'u diben nhw 'blaw gadael i ffarmwrs fel hwnnw ochr Cynwyd i wneud pethau fel sgwennu *Fuck off Biggles* mewn coed collddail yng nghanol y bythwyrdd, fel bod peilots yr RAF yn hedfan heibio fwy a mwy er mwyn cael gweld!

Celwydd ddaeth â'r coed yma – dweud, cyn plannu, mai dim ond tir diwerth fydden nhw'n ei ddefnyddio. Diwerth? Y ffriddoedd a'r gweirgloddiau uchel yng Nghwm Caletwr, Cwm Hirnant ac uwchlaw Llyn Fyrnwy? Lol. A beth am yr afonydd o dan y tir 'diwerth' 'na? Beth am yr effaith ar y rheiny? 'Sa chi'n meddwl fod y penderfyniadau'n cael eu gwneud gan ddynion oedd erioed wedi profi disgyrchiant. Rhywun oedd ddim yn deall bod dŵr yn llifo, fod unrhyw beth sy'n mynd i fyny yn gorfod dod i lawr.

A does dim bywyd gwyllt go iawn yn y coed. Llwynogod, moch daear, sgrech y coed, piod. A dim golwg o fwtsias y gog fis Mai, chwaith, dim ffiars o beryg. Mae'r rheiny wedi cael eu mygu. Dim ond moch coed a brigau marw yn y tywyllwch. Ac wedyn mae gynnoch chi drafferth yn yr afonydd hefyd. Brithyll: does dim ar ôl. A'r eog yn brin. Nant Hirnant er enghraifft, lle mae'r bont goets fach igam-ogam 'na ger y Garth. Pont y Ceunant. O dan honno, allech chi weld eogiaid yn eu cannoedd yn mynd i fyny'r nant 'stalwm, a'u cyrff nhw'n taranu yn erbyn y tonnau, bron â thorri'n ddau. Yn creu rhyw glegar fel iaith clic-clic. Gymaint ohonyn nhw yn y dŵr fel gallech chi ddefnyddio'u cefnau nhw fel cerrig sarn, wir. Ond rŵan, dim sôn.

Cyn i chi orffen cwyno fod pla coed yno, mi fydd y Forestry 'di torri caeau ohonyn nhw'n chwap, a gadael tir sur, tenau, diamddiffyn yn eu lle. A dyma i chi be 'di tir diwerth. A gwaeth fyth, mi ddaw glaw. Mi olchith hwnnw'r pridd oddi yno yn syth bìn, a'i lympio fo i mewn i'r nentydd a'r afonydd – y pridd a'r gwenwyn gludiog o'r coed hefo fo.

O, mi feia i'r coniffers os licia i! P'un ai ydi'r afon yn cael ei chlirio o'r penhwyaid ar ddydd Gwener Groglith ai peidio. A dyna be oedd joben y diwrnod. Cael gwared â chymaint ag y gallen ni. Fel arall, fe fyddai'r diawled wedi 'sbyddu'r pysgod eraill i gyd ac mae ar yr afon angen y rheiny, y pysgod da. Dim jest dros y 'sgotwyr dwi'n siarad rŵan. Rhaid i afon wrth bysgod.

A'r penhwyad? Lladd ffiaidd, lladd dibwys a lladd mewn chwinciad mae o. Milgi'r afon. Be arall maen nhw'n ei alw o, dwedwch? Llwynog yr afon – gan fod rhaid esbonio bywyd dŵr yn nhermau bywyd tir, i'r rhan fwya o bobl. Gwirion bost, ac annheg i'r milgi a'r llwynog, ill dau. Mae penhwyad yn gas ac yn gwic fel dim byd ond . . . penhwyad.

Felly roedden ni'n dod at ein gilydd – tua dwsin ohonon ni fel arfer: unrhyw ffarmwr neu was ffarm oedd ar gael, fel Dad a fi, ciperiaid Palé a'r Rhiwlas ac un o Bennant Melangell wastad. Weithiau mwy, a gorau oll. Syr Palé ambell dro, yn dod allan i weld y sioe a thorchi ei lewys. A phlant y Llan yn cael eu hanfon allan hefo jariau jam a chortyn am eu hymyl er mwyn iddyn nhw, hefyd, deimlo'n rhan o'r 'helfa', a rhoi crethyll, rhyw fodfedd o faint, yn eu celc eu hunain.

A beth oedd raid ei wneud oedd dal rhwyd o boptu'r pyllau gewch chi yn yr afon: dau bwll wrth 'stesion, un wrth Fryn Melyn a dau wrth Dyddyn Inco, pob un yr un maint â'n cae bach ni, neu'n fwy. Dim ond delio 'fo dŵr Palé oedden ni – lle roedd eu hawliau 'sgota nhw. Llusgo'r rhwyd mewn bwa drwy'r pwll a dal y pysgod i gyd, heb ffafriaeth, ar wahân i'r pysgod bach i gyd, a oedd yn medru nofio reit drwy'r rhwyd. Rhwyd wedi'i gwneud i ddal y mawrion dieflig yna oedd hon. Dal y rheiny a'u lladd. Ac fe fyddai'r cyrff mawrion 'ma – deuddeg pwys yr un weithiau, clamp o bethau – yn hel yn y rhwydi heb smic. Ond wedyn, welsoch chi erioed y ffasiwn thrasio, wrth iddyn nhw ddeall be oedd yn mynd 'mlaen!

Roedden ni'n cyfarfod wrth Gofeb Llan i gychwyn, tua'r hanner awr wedi naw 'ma. Fflasgiau: coffi, te, jin (ych a fi, casáu'r peth; bob tro fydda i'n ei drio fo, bydd fy stumog i'n codi yn ei erbyn). Cotiau cwyr gan eu bod nhw'n arbennig o handi mewn tywydd ac am fod pocedi mawr ynddyn nhw, er mwyn cario pysgod neu bennau pysgod adre i wneud cawl. Bagiau. Cyllyll. Ac wedyn roedd gan ambell un ei gyfrifoldeb ei hun. Cipars: rhwydi (deg neu ddeuddeg troedfedd wrth bump); Syr Palé, hyrbs. A chipar Palé oedd yn ein harwain ni, Tom Rwden.

Od, od iawn, sut gall argraff plentyn fod allan ohoni. Ro'n i'n meddwl y byd o Tom Rwden ar y pryd (Thomas Thomas oedd o go iawn, diolch i wreiddioldeb rhieni). Ond mae statws arbennig, rhwng dau fyd, yn perthyn i gipar. Ac roedd ei faint o'n cyfrif am lot: llawn pen ac ysgwydd yn dalach na Dad pan oedd o'n flin, torso perffaith drionglog fel rhywbeth

Groegaidd, a barf. Roeddwn i am dyfu barf. Ac ar ben hynny, roedd o wedi bod yn botsiar cyn bod yn gipar, ac yn ystod y Rhyfel Byd Cynta, cyn i mi gael fy ngeni, daeth dynion y fyddin yma, yr holl ffordd yma, i'w weld o, y Meistr potsio, er mwyn iddo fo gael rhoi gwersi iddyn nhw ar sut i sleifio o gwmpas heb gael eu ffeindio. Ac mae dyn hefo cyfrinachau fel yna wastad yn un diddorol, i blentyn. Dyma sut reolau oedd ganddo fo, felly:

Un – gwisgo cortyn beindar rownd bob clun fel nad oedd y trowsus yn gwneud sŵn wrth i'r coesau rwbio yn erbyn ei gilydd.

Dau – tycio siwmper i mewn i drowsus. Fel arall mae peryg iddi hi snagio mewn weiren bigog neu fieri ac arafu rhywun, neu'n waeth byth, gadael ôl.

Yn drydydd – i wneud yn siŵr nad ydi rhywun yn gadael ôl – gwisgo sachau am eich 'sgidiau. Fydd prin ddim marciau traed wedyn.

Ac yn ola ac yn hollbwysig, defnyddio cludiant rhywun arall. Beic y landlord, er enghraifft. Nid eich beic chi'ch hun. Wel, dyna oedd Tom Rwden yn ei ddweud ond doedd gen i'm landlord, felly ro'n i'n arfer benthyg ei feic o. A'i barcio fo, oedd o'n ddweud, yn y gwrych, yn wynebu'r ffordd anghywir, fel nad oedd gan bobl ddim syniad i ba gyfeiriad allech chi fod wedi dianc, wedyn. Clyfar. Ac felly'n union oedd sgowtiaid y fyddin yn meddwl hefyd.

Un tro mi ddwedodd o stori fod Churchill ei hun wedi dod i'w holi – ac i saethu ffesantod Palé. Ond 'falle fod hynny'n fwy o ffrwyth dychymyg na gwirionedd. Mai dim ond saethu oedd Churchill. Ond pwy ydw i i ddweud?

Beth bynnag am y manylion, roedd llygaid Rwden fel dau brocer tân pan oedd o'n dweud y stori, ac roedd hi'n amlwg, o'r dweud, ei fod o wir wedi eistedd yr ochr arall i'r bwrdd i bennaeth y fyddin, a bod y ddau wedi yfed te tramp a bwyta *broken-biscuits* a thrafod tactegau, yn ei gegin. Meddyliwch am sneipars yn mynd i dir neb i saethu Almaenwyr. Rwden oedd y tu ôl i'r grefft dawel, slei.

Mi wnes i stopio mynd o gwmpas fel sgowt byddin, yn ôl disgrifiad Rwden, ddiwrnod a hanner ar ôl dechrau. Tua saith oed oeddwn i, ac wedi clymu'r cortyn beindar yn rhy dynn. Brifo, braidd. Heb sôn am Mam yn chwerthin ar 'y mhen i wrth i mi stompian o gwmpas hefo dwy sach anferth am fy nhraed, a'r rheiny'n fy maglu i; yn gorfod codi 'nghoesau fel 'taswn i mewn eira at fy mhengliniau.

Ond dyna i chi Tom Rwden.

Pan ddaethai hi'n amser gweithio o ddifri ddydd Gwener Groglith, nid gosod y rhwyd oedd yn anodd ond ei feistroli. Roedd rhywun yn medru ei gosod drwy groesi'r afon mewn man bas neu daflu rhaff ar draws yr afon ac yna tynnu'r rhwyd ar draws hefo rhaff, fel llongwyr yn taflu rhaff o un llong i'r llall. Dim problem ac '*Aye, Aye*, Capten'. Ond roedd Tom yn medru bod yn haerllug yn ei weiddi os nad oedd y rhwyd yn cael ei dal yn ddigon celfydd, yn ddigon stiff, a ninnau ddim digon ystwyth. Y dal oedd yn brifo'r breichiau, yn enwedig at ddiwedd y dydd. Dros bum awr, mi fydden ni wedi dal tua thrigain o bysgod. Dibynnu ar y flwyddyn a phwy yn union oedd wedi dangos ei wyneb a pha mor ffinici oedden nhw am wneud yn siŵr fod y rhwyd yn 'sgubo llawr yr afon yn lân a ballu. Lot o weiddi. Hoff air Tom oedd 'Wmffra'. Pob un oedd ar ei hôl hi'n 'Wmffra. Deffra. S'myda!' A phan fyddai llais rhywun fel Tom yn cyrraedd y brig a disgyn arnoch chi fel dyrnaid, 'fyddech chi'n symud. Hidiwch befo'r blinder a'r breichiau'n cwyno. Mae corff rhywun yn beth rhyfeddol. Os oes angen symud pan nad oes egni gynnoch chi, perfformio pan ydech chi'n sâl, mae stôr o wmff gan bawb, tu cefn, a chyn i chi sylweddoli, rydech chi'n mynd, mynd, mynd. Nid pawb sy'n medru ysgogi hynny ynoch chi. A phan oedd breichiau Tom uwch ei ben a'i ddwylo'n dyrnu'r awyr fel pregethwr wedi gweld y golau . . .

'Os wyt ti'n meddwl fod gen ti'r ffliw, dos i weld dy gariad. Mi weli di, wedyn, fod y ffliw wedi mynd!' Dyna ddwedodd o un tro.

Mae hyn yr un fath. Pan mae gwir angen neu wir awch . . . Tom, penhwyaid neu gariad.

'Se chi'n synnu nad oedd yr afon wedi gostwng yn weladwy ar ôl i ni orffen. Synnu fod 'sgotwyr yn cymryd cyhyd i gael brathiad gan 'sgodyn a'r lle'n fyw ohonyn nhw, yn amlwg, o'r hyn y gallen ni ei lusgo allan yn yr un cyfnod.

Roedd 'na rai pethau eraill yn dod allan yn

ddamweiniol hefyd. Eogiaid anferth a ballu – rhai y byddech chi'n feddw falch o'u dal petaech chi wedi gwneud hynny hefo gwialen. Ond digon hawdd adnabod y penhwyaid: cyrff nadroedd, sleim tew, llygaid gwag – y rheiny.

Meddyliwch am y label ar duniau tiwna: '*dolphin friendly*'. Wel, mae hyn yr un fath. Ambell ddolffin yn dod allan hefo'r tiwna ydi daliad dydd Gwener Groglith. Byth yn gant-y-cant '*salmon friendly*', '*perch friendly*', ac ati. Nid fod neb yn mynd i feddwl am eiliad am werthu penhwyad mewn tun, fel tiwna!

Ond roedd yn rhaid rhoi sylw i bob daliad cyn mynd 'mlaen i'r pwll nesa. Rhywsut mi faswn i wastad yn ffeindio lle rhwng Dad a Tom yn y rhes, yn pigo penhwyad gerfydd ei gynffon. Tom yn dweud, 'Fel yma!' Finnau byth yn dweud, 'Dwi'n gwybod,' er 'mod i'n gwybod yn iawn. Licio'i glywed o'n esbonio oeddwn i, fel 'taswn i'n newydd i'r ddefod. Pawb arall yn cydio ynddi'n barod a minnau'n cadw un llygad ar dad. Un cyflym oedd o. Eiliadau i un 'sgodyn. Ac un da hefo pysgod yn gyffredinol. Mi welais i o'n dal tri eog mewn un go – hanner awr, gwialen a phluen Coch y Bonddu. A minnau'n dal dim un. Dyna oedd o'n 'i gael am fod yn ddyn tawel, Dad. Roedd o'n ymosod cystal â Tom, ac ymosod sydd raid ar y penhwyad. Mynd ato'n ddidostur. Gorau oll os oes gynnoch chi bastwn prîst go iawn, a mynd at ben moel y bwystfil. Pastwn pren arferol oedd gen i, er enghraifft, a hwnnw'n gwneud y job gystal â dim byd arall cyn belled â 'mod i'n rhoi clamp o hergwd iddo fo. Dal y peth hyd braich a rhoi lob i'w ben, a'i ollwng o ar ôl gwneud yn siŵr ei fod o'n farw. Y peth olaf 'dech chi isio 'di penhwyad byw, blin. Nid hefo dannedd fel'na. Ân' nhw drwy groen rhywun fel sgalpel. Ac mi ddylwn i wybod. Tom oedd yn dweud beth i beidio â'i wneud a minnau ddim yn deall fod rhaid cadw fy llygaid ar y pysgodyn ac nid ar Tom pan anelodd un wedi'i syfrdanu am fy mawd. Roedd digon o waed i foddi dyn. A Dad yn flin! Ond theimlais i ddim byd.

Beth bynnag, mae gen i swing eger hefo 'mhastwn ers hynny. A mynd ati oedden ni, nes bod pob un ohonyn nhw wedi mynd a dim ond pysgod da ar ôl. Ydi hi'n syndod fod ffasiwn gyhyrau gan Tom ar ôl trin cannoedd? A'r mynydd, wedyn, fel tas o goesau gwrthodedig ar y glaswellt.

Fel arfer, roedd o leia un pysgodyn yr un ar ôl. Ydech chi'n meddwl dylen ni fod wedi taflu'r pysgod da i gyd 'nôl? Unrhyw ddiwrnod arall, 'falle. Lladd Crist; lladd pysgod. Daeth y ddau ynghlwm yn fy meddwl i rywsut. Ac roedd croeshoelio Crist yn caniatáu pechodau fel y lladd anferth hwn a glythineb – mi ddo' i at hynny – diwrnod i fagu llygaid mwy na'ch bol oedd Gwener Groglith.

Fel arfer, roedden ni wedi gorffen y lladd erbyn i Iesu farw. Dro arall, prin y bydden ni wedi creu tolc yn y mynydd sortio erbyn tri ac mi fyddai Tom yn codi calon y trŵps blinedig drwy ddechrau disgrifio'r gwahanol bysgod.

Brithyll: rhai mawr brown oedd yn cael eu dal ar ddiwrnod fel'na. Roedd y rhai llai yn y cerrynt, fel arfer, a'r rhai mawr yn y pyllau. Merch tafarn y Bryntirion, Mad Mary, oedd y brithyll brown, bob tro. Ei llygaid hi'n llawn o'u cennau nhw, y copr sy'n troi'n binc a phiws mewn rhai mathau o olau. Yr un sbit. A'i cheg fach swrth hi hefyd – yn pwdu ac yn pwdu ac yn pwdu neu ar ganol dweud, "Di o ddim yn deg!'

Eog, wedyn: oes 'na dwts o Syr Palé yn hwn? 'Tydi'r ddau ddim yn rhannu rhywbeth parchus? Y sbecs bach arian yn ei wallt o, tu ôl i'w glustiau o. Eogiaid oedd teulu Syr, felly.

Draenogyn: os oedd gan unrhyw gipar damaid o goch yn ei wallt, 'Oi, draenogyn,' fyddai hi wedyn. Mae 'na damaid o goch yng nghynffon draenogyn, ac yn ei esgyll llydan. A digwydd bod, am sbel, roedd yna giwrad o Lerpwl o gwmpas y lle: cochyn. Hyd yn oed tu mewn i'w glustiau o fel rhedyn gaeaf. Roedd o'n, 'Your holy perch,' o'r munud cynta. A phawb yn dweud 'Amen,' os oedd draenogyn yn cael ei ffeindio yn y rhwyd. Del oedd o. Digon o sioe. Ar wahân i'r coch, roedd gynnoch chi'r cefn brown pres neu wyrdd llachar fel ffenest eglwys, bol llaethog ac ochrau melyn menyn. Dwi'n hoffi'r hen ddraenogyn, pan mae o i'w gael. Sydd ddim yn aml. Pethau bychain, dim mwy na gwellai' cneifio yden nhw, fel arfer. Yn llithro'n syth drwy'r rhwydi, os nad yden nhw'n styc yng nghanol yr holl eogiaid a'r penhwyaid eraill. Ac wedyn, wrth 'sgota go iawn, hefo gwialen, mae'n gymaint haws mynd am rywbeth arall. Sticio yn y gwaelodion wneith y draenogyn, mewn heigiau. Mor slei â'r 'slywen, bron.

Wedyn mi fydden ni i gyd yn meddwl am Mad Mary a'r Ciwrad Coch ar un o ddyddiau pwysica'r flwyddyn, pan oedd afon i'w chlirio a bardd i'w goroni a Iesu ar groes a phopeth. Waeth heb i chi â bod yn fardd eglwysig a 'sgotwr, yn Llan. Sy'n gwneud i chi feddwl fod yr eisteddfotwyr a'r 'sgotwyr yn Fethodistiaid. Ond beth bynnag, yn ôl Dad, doedd dim rhaid i Eglwyswyr fynd i'r eglwys ar ddydd Gwener Groglith chwaith gan mai ar ddydd Sul y Pasg yr oedd y casgliad a'r pennau yn cael eu cyfrif gan y trysorydd. Dyna'r unig beth pwysig, go iawn.

Roedd gynnon ni Bafiliwn Newydd D. J. Williams yn Llan ers y dauddegau, toc ar ôl i mi gael 'ngeni, felly roedd o'n hen le i mi, wastad wedi bod yno, er yn newydd i bobl eraill – ac yno roedd yr eisteddfod, ym mhafiliwn 'newydd' D. J. Williams, lle roedd te Nadolig yr ysgol hefyd. Fe allech chi glywed clychau'r eglwys o'r Pafiliwn, felly, ac am dri o'r gloch, bydde'r 'steddfod hefyd yn cael ei stopio er mwyn canu 'Y Gŵr a fu gynt o dan hoelion', Huw Derfel. Mi fydden ni'n mwmian trwyddi'n hunain, hefo nhw, yn canu lle bynnag oedden ni ar y pryd. Pawb yn canu wrtho'i hunan fel petai o yn y bath. Dad yn codi cywair hefo pob hergwd o'i bastwn prîst, a chwalu pen pysgodyn. Does dim tawelwch tebyg iddo fo: dŵr yn camu drosto'i hun yn dawel bach yn y cefndir, sŵn slap a chnawd ac ambell nodyn cân.

Tri o'r gloch oedd yr unig ffordd o wybod faint o'r gloch oedd hi, yn fanwl gywir. Fel arall, roedd raid darllen yr afon a gwylio'r amser yn symud yn hytrach na gwybod yn union. Faint o'r gloch oedd hi oedd lle roedden ni yn llif y gwaith. A'r bwyta wastad yn digwydd mewn glaw. O, gwneith – o hyd – mi lawith hi ddydd Gwener Groglith. Traddodiad. Glaw mawr ar do'r Pafiliwn yn distyrbio'r cadeirio ac yn boddi'r canu a ninnau'n wlyb at ein crwyn 'thynnag, heb help glaw. Fel yna oedd y drefn, ta waeth pryd roedd Pasg. Ac mi enillodd Elsi a Marged ddeuawd yr emyn digyfeiliant unwaith pan oedd y glaw ar ei dryma, a synnu, ar ôl dod adre, nad oedd neb wedi clywed gair. Fel arfer dim ond ennill cystadlaethau gwaith cartref oedd ei hanes hi yn tŷ ni: Elsi yn ennill ar gacen gyrens, Marged yn ennill ar bortread neu bennill, ond roedd y ddwy yn trio pob un dim, rhag ofn, a byth yn dod 'nôl hefo dim mwy na cheiniog yr un a ffortiwn wedi'i wario ar flawd a blodau addurno a rhyw sothach fel yna. A dwn i ddim pam fod Marged erioed wedi ponsio hefo cwcio – mae ei chêcs hi'n dal i ddod allan o'r popty'n bethau gwael a hithau wedi cael hen ddigon o flynyddoedd i bractisio. Mi ddaeth hi draw hefo sbwnj yr wythnos dwetha, a honno'n sych fel nyth cath. Y ci gafodd hi. Marged druan.

Ond y pysgod . . . 'radeg yna o'r flwyddyn, doedd dim gwell i'w gael na gwledd mewn glaw. Y brathiad ola ddim cystal â'r cynta 'falle, gan ein bod ni'n bwyta ddwywaith maint pryd arferol. Fel dwedes i: magu llygaid mwy na'n boliau, fel ar ddydd 'Dolig. Difaru wedyn ond mwynhau difaru.

Dyma oedd y drefn. Fyddwn i'n smocio – dim ond pytiau ola sigârs y lleill – a gwylio Tom gan mai fo oedd y gorau am bobi 'sgodyn mewn mwd. Athro heb ei ail. Os oedd hi'n glawio erbyn hynny, roedd raid i ni gilio'n ôl i fyny'r afon at bont Llan, ac o dan un o fwâu'r bont. Gan bwyll mae isio mynd, gan bwyll. Mae diffyg golau a diffyg gofal yn rhoi oglau rhwd i bethau. I'r talpiau o hen wlân, hyd yn oed. A rhyw oglau arall dieflig sy'n gwneud i chi chwilio am rywbeth wedi marw er mai dim ond hen fwng y defaid sydd o gwmpas, ac nid y cyrff, fel arfer.

Ond mae modd cwcio yno, wrth geg y bwa, yn gwylio'r dŵr yn dod i lawr y tu allan fel clogwyn llechen a rhyw wafft o ganu'n dod o'r Pafiliwn ar ambell wynt. Darn bach o diwn 'Dyn pechadurus fel fi, a yfodd y cwpan i'r gwaelod', ar goll yn y gwynt.

Roeddwn i'n coelio, bryd hynny, os oedd Tom hefo ni, fod modd gwneud unrhyw beth. Sefyll yno'n edrych allan, neu'n edrych arno fo'n edrych allan tuag at yr Aran wan mewn niwl. Fel y mynydd, un pellennig oedd o, ac yn union fel yna roeddwn i isio tyfu i fyny, ac mor graff. Hanner addoli'r boi. Ei wylio fo oeddwn i, â'r twnnel yn ddu loyw uwch ei ben. Ac fe allai o dreulio hydoedd fel yna, nes bod ei lygaid o'n adlewyrchiad tamp o gwarts, ffelspar a mysgofit a minnau'n rhynnu a thrio edrych ar beth bynnag oedd o'n ei weld. Yn siŵr, hollol siŵr, ei fod o'n deall rhywbeth dyfnach na'r lleill.

'Ai diwrnod gwael sy gynnon ni 'ma, 'ta fel hyn mae hi i fod?' meddai o, un tro, a throi at y 'stof', oedd yn anfon gwres bach at ein migyrnau, ddim yn disgwyl ateb a minnau'n ddigon twp i wneud hynny.

'Ie siŵr, fel yma mae hi, wastad!'

Chwarddodd rhai arna i. Ailgydiodd eraill yn 'Y Gŵr a fu gynt o dan hoelion', er mwyn bod yn garedig.

'Gripia fo!' Geiriau fel'na oedd Tom yn eu defnyddio. Gripio'r 'sgodyn gerfydd ei gynffon hefo llawes, neu gerpyn. Wedyn, roedd raid crafu'r cennau – gall gormod o'r rheiny fod yn ddrwg i du mewn rhywun. A hynny wedi'i wneud: *top-n-tail*.

Top-n-tail. Dyna oedd Tom yn ei wneud i'w eiriau hefyd. 'Dâll', fydde fo'n ei ddweud. Deall – dallt – dâll. Yn iawn. Geiriau'n treiglo fel carreg fechan mewn tonnau dŵr hallt yn ei geg o.

Cyllell fain sydd ei hangen, a dim gormod o frys. Ei gwthio hi i mewn yn ddigon dwfn i fynd o dan y croen ac mi eith hi drwy gnawd fel 'tase boliau wedi'u llunio i dderbyn blaen cyllell. Ar ôl tynnu perfedd y 'sgodyn: hyrbs, reit i mewn i'w fol o. Persli ydi'r un i mi hefo brithyll. A dil hefo eog. A byth ormod o gennin syfi yn ddim byd. Hyn i gyd tra 'mod i'n straffaglio hefo poeri'r glaw, yn sychu dafnau mawr o 'nhalcen efo dwylo llawn sleim gwaedlyd a physgodlyd, dŵr yn cosi 'ngwar i, dŵr yn llenwi 'nghlustiau a gwaed gwan yn gymysg â glaw yn troi 'ngolwg i'n binc.

Syr Palé oedd yn dod â'r hyrbs. Roedd gwell dewis i'w gael yn nhŷ gwydr Palé nag yng ngardd neb arall, a hynny heb wneud tolc yn y planhigion oedd yno. Go dila oedd y blynyddoedd pan na fedrai o ddod, a'r cipar yn esgeulus ac yn anghofio. Hen rosmari a theim fyddai'r unig ddewis wedyn – fase'n iawn, ond fod hwnnw wastad yn dew fel coediach.

Y mwd ydi'r tric. Rhaid lapio'r 'sgodyn cyfan ynddo fo. Be 'dech chi'n ei wneud ydi stemio'r 'sgodyn, felly mae isio rhoi un neu ddau o dyllau yn y mwd, jest ar y foment iawn cyn iddo fo sychu. Mae amseru'r tyllau yn un peth. Amseru'r cwcio'n beth arall. Deall pa mor wlyb oedd eich mwd chi, i ddechrau. Y cyfansoddiad dŵr, daear. Achos unwaith rydech chi wedi cracio'r mwd i fwyta'r pysgodyn, mae'n rhy hwyr i ddweud, 'Dario, rhyw ddeg munud arall o stemio!' Haws heddiw ei wneud o mewn ffoil, mewn popty, adre, a medru agor a chau'r ffoil i weld sut mae o'n dod yn ei flaen. Ond mae croeso i chi'ch ffoil. Mi fydda i'n medru'i flasu fo.

Felly, fe fydden ni i gyd yn taflu ein lympiau clai i'r tân. Dad yn cynnig jin i mi a minnau'n gwrthod.

Dyna fyddai'n gwneud blwyddyn dda neu flwyddyn wael: safon y pysgodyn yn eich dwylo ar y diwedd. Ac mi fues i'n gwylio. Trio dysgu o ystwythder Dad, hefo un llygad, ac amynedd Tom hefo'r llall. Ac yn gwylio'r afon aflonydd yn llifo heibio, wrth i mi orfod aros uwch y tân, ac wrth i lif trymach y glaw ddod i lawr. Mae 'na ryw guriad rhwng y cwbl. Ac yn 1938 mi ddechreuais i gracio'r clai yn union pan oedd cnawd y pysgodyn angen aer, angen peidio â chwcio, angen crac.

Ar ôl llwyddiant perffaith tri physgodyn wrth i bobl gymryd fforcen at y boliau a dweud, 'Ar ei ben, eto!' roeddwn i ar ryw don deall. Cymerodd Tom yr un mwya a Dad yr un ola. Ac wrth i ni chwythu i foliau'n pysgod a stêm yn codi fel piffian cetyn, diflannodd y gwynt a mynd â'r glaw hefo fo. Gadael glaswellt emrallt yn stemio. Y ddaear yn anadlu allan yn gynnes. Tom yn cynnig jin i mi a minnau'n derbyn. Bol y 'sgodyn yn rhuddo blaen fy mysedd drwy'r clai ac wedyn medru c'nesu 'nhrwyn hefo nhw, cyn bwyta.

Allen ni fod wedi gwneud ein ffortiwn, hefyd. Ond wedyn allen ni ddim mwynhau boliau mawr wrth i ni drio c'nesu drwy'r nos. Roedd Mad Mary wastad fel petai'n loetran, rhag ofn. Petai hi'n cael brithyll gynnon ni – dim ond un rŵan – am bris gweddol, a'i ddefnyddio fo i fwydo hanner dwsin o gegau yn y dafarn, roedd hynna'n dipyn o broffit – dim un i dynnu trwyn ato fo 'thynnag. Ond i be faswn i'n treulio'r pnawn mewn pistylliad glaw yn lle bod mewn pafiliwn cynnes hefo sgons ac orenj-jiws a choffi-drwy-laeth i gael dim byd am wneud hynny heblaw'r fraint o fynd i eistedd yn y Bryntirion a thalu pris llawn am yr un pysgodyn hefo llysiau wedi gorgwcio? Colled i ni wedyn. A thwp. Gwell oedd cael diwrnod hefo'r afon a phoen bol. Cysgu'n clywed hisian stêm yn dianc o'r mwd, bron yn barod, bron yn barod, barod, crac. Ac aros i glywed llais blinedig Mam wrth iddi ddod i mewn, rhyw dro'n ganol nos a chyhoeddi dau air: enw cynta ac ail enw enillydd y gadair. Mor flinedig fel bod wfft o bwys ganddi erbyn hynny pwy oedd o. A minnau'n dal fy mol dan dri chwilt ac yn llyfu 'ngweflau.

· ·

Eiddo. Wedi hen gael llond fy mol o orfod dweud stori wrth rywun jest er mwyn iddyn nhw gael dweud 'mod i'n rong, ydw i. Mae o'n fater o chwerthin neu grio, bellach. Ond rhaid i mi ddod at eiddo. Am y tro ola . . .

Eiddo: mae 'na dair ffordd o ddod i feddiant rywbeth: rhodd, etifeddu neu brynu. Mi ddaeth y Ddyfrdwy i'm meddiant i drwy ryw gymysgedd o rodd ac etifeddiaeth. Ond yn gynta, rhaid i mi daclo pwnc arall: be'n union ydi 'eitem o werth' yn ôl y gyfraith? Achos mae 'na bobl, allan yna, wneith daeru du yn wyn fod meddu afon yn amhosib. A dyma fydd eu dadl nhw: y gallwch chi feddu'r glannau ond bod cyfraith gwlad yng Nghymru a Lloegr – yn eu hôl nhw – yn dweud mai'r wlad sydd bia'r dŵr; ac yn yr Alban, y bobl. Ac y gall clybiau 'sgota a ballu fod yn berchen hawliau 'sgota, ond dyna ni. 'Tydi hynny'n daclus mewn ffordd syml, un, dau, tri, cath yn dal y pry'?

Ond ers pryd mae bywyd yn syml? Gwyliwch chi dalcen y bobl 'ma'n crychu wrth ofyn iddyn nhw esbonio perchnogaeth potel o Evian.

Yna, i sicrhau tawelwch llethol: esboniwch Dryweryn. Pwy sydd bia'r dŵr, rŵan?

Mi fydda i'n dweud wrth unrhyw un sy'n fodlon gwrando fod yr ateb i'w gael yng nghyfreithiau Hywel Dda, i unrhyw un sydd â gwir ddiddordeb mewn gwybod yr ateb. Ond prin yw'r rheiny. Fi sy'n berchen ar y Ddyfrdwy, yn ôl cyfraith gwlad. Ond mae pobl yn edrych ar y ffeithiau hynny'n blwmp ac yn blaen ac yn dal i fynnu coelio'u chwedlau eu hunain. Coelio be mae mam yn ei ddweud, neu weinidog, neu athro, heb gwestiynu dilysrwydd hynny. Y dall yn arwain y dall a phawb – o, mor hapus. Mae cred yn gryfach peth na ffaith, mae'n amlwg i mi. Sy'n fy ngadael i mewn picil, gan mai fi *sydd* berchen y Ddyfrdwy, ond does neb, prin, 'blaw fi, yn ymddwyn fel petai hynny'n wir.

Mi fydda i'n troi at Hywel Dda a'i gyfreithiau fy hunan weithiau, er mwyn cael seibiant o'r byd ystyfnig hwn a chael cysur 'mod i'n iawn. Mae popeth yn dod yn glir yno. Rhyw lyfrau bach handi, llyfrau poced oedd y rhan fwyaf o lyfrau Hywel Dda. Dyn oedd yn deall ei farchnad, yn amlwg. Doedd dim iws cael rhyw lyfrau trwsgl, anferth os oedd o wir isio i bobl eu defnyddio nhw, nag oedd? Dallt y dalltings i'r dim. Ddylai William Morgan fod wedi meddwl am hyn wrth drio cael pobl i ddarllen Beibl Cymraeg. Ond dyna ni, wnaeth o ddim. Hywel Dda oedd yn ei deall hi: digon o gopïau bach i fynd rownd, ac un *master copy* mawr. Yn hwnnw gewch chi'ch ateb.

Hwnnw oedd yn cael ei ddefnyddio yn y cyfarfod cyfrinachol, yn swyddfa'r cyfreithiwr yn Nolgellau; y cyfarfod hwnnw roedd Tom wedi mynnu fod yn rhaid i mi fynd iddo, a 'nreifio fi yno, fel ffŵl. Does dim modd i mi ddweud lle'n union oedd y swyddfa. Trwy'r ffenest, ar y trydydd llawr, lle roedden ni, roedd sbecyn bach o wyrdd, dim ond os oeddech chi'n sefyll ar flaenau'ch traed ac yn sbio'n gam dros doeau a simneiau tai eraill o'r ffordd. Waliau tu mewn yn silffoedd i gyd. A doedd y cyfreithiwr ddim yn edrych ryw lawer hŷn na fi. Cymro'n mynnu siarad Saesneg ar bob cyfle, a'i de fel piso dryw.

Llowciais i saith paned yno, pob un mor afiach â'r dwetha, a minnau'n meddwl, ar ôl pob cegaid, 'I be 'nest ti hynna?' Ond cyn i mi sylwi be oeddwn i'n ei wneud, roeddwn i'n mynd am y gwpan eto.

O flaen y cyfreithiwr, roedd copi o Peniarth 28 – y llyfr mawr Hywel Dda 'ma. Rydw i wedi'i weld o yn llyfrgell Aberystwyth er hynny. Mae'n rêl giamocs cael hawl i weld y peth. Ond mi welais i o. Ac mae o'n llawn dop o luniau. Lluniau o . . . stwff. Bob math o stwff, ond stwff o werth. Adar, anifeiliaid, potiau, platiau, afon. Ie, afon. Felly wfft i bob un wan jac sy'n dweud nad ydi afon yn eitem o werth cyfreithiol. Dacw hi. Afon werdd ydi hi. A'r afon yma, mae hi'n droellog ac yn llawn darnau bach aflonydd fel cyrls gwallt, a physgod yn dangos eu hunain. 'Run pysgodyn allwn i ei enwi, ond pysgod. A chwîd yn y gwair. A chwrwgl. Wel, cwch sydd yr un sbit â chwrwgl . . .

Dyna setlo'r ddadl fod dim modd bod yn berchen afon, felly.

Fel hyn yr aeth hi, wedyn. Tom yn edrych dros

ysgwydd y cyfreithiwr, a hwnnw'n darllen Cyfraith Tir Hywel. Ac mae'r enw wedi drysu pobl. Peryg ydi'r gair 'tir' yma, pan mae o'n torri allan ganran anferth o'r blaned sy'n ddŵr. Ac fel dwedodd y cyfreithiwr: problemus eithr nid anorchfygol. *'In fact',* meddai wedyn, roedd y gair 'tir' yma yn disgrifio 'dŵr' a 'thir', gan olygu 'eiddo'r ddaear' yn gyffredinol.

Rheol Hywel oedd fod y 'tir' yma ym meddiant teulu, neu 'gwely' fel roedd o'n ei ddweud. (Ro'n i'n licio hynny. Gwely fel gair am deulu. Mae o'n siwtio fy natur ddiog i. A phopeth arall sy'n cael ei wneud mewn gwely sy'n gystal rhan o deulu â chinio dydd Sul.)

Beth bynnag, mae'r eiddo 'ma'n cael ei rannu'n gyfartal rhwng y meibion ar ôl i'r tad farw. Ond weithiau, a dim ond weithiau, roedd rhywun isio rhoi eiddo i rywun oedd *ddim* yn fab. Amgylchiadau sbesial (rhyfel, ac ati). Ac i wneud hyn roedd raid cael caniatâd pawb y byddai hyn yn effeithio arnyn nhw.

'Oll yn gytûn, gyfeillion?' meddai'r cyfreithiwr. A phesychodd pawb, gan nodio y tu ôl i'w cwpanau. Codi'r rheiny, fel petaen nhw'n wydrau gwin mewn priodas.

'*If so*,' meddai'r cyfreithiwr, roedd modd i ni ddefnyddio'r peth 'ma o'r enw 'prid'. Ie, dwi'n gwybod – prid, pridd – gair tir eto. Ac fe fydd raid gwneud rhywbeth i'r iaith Gymraeg i'w gwthio hi'n ôl i fyd dŵr a daear, ond nid yn f'oes i.

Y system prid yma oedd yn golygu bod y cyfreithiwr yn medru trosglwyddo'r dŵr i berson arall

– fi – am gyfnod o bedair blynedd. A'r ffordd oedd
pethau'n gweithio oedd hyn: doedd neb i hawlio'r afon
yn ôl am bedair blynedd, fe fyddai'r prid yn cael ei
adnewyddu bob pedair blynedd o hynny 'mlaen, ac ar
ôl pedair cenhedlaeth, fy nheulu i fyddai bia hi, ffwl
stop.

Pedair blynedd – wel, mae hynny'n esbonio lle ro'n i
yn ystod yr Ail Ryfel Byd, a pham nad oeddwn i'n 'ffit' i
fynd. Mae hynny'n brawf ynddo'i hun fod y cyfarfod
wedi digwydd. Mae'r cwbl yn y ffeil felen: rheolau'r
prid, tystiolaeth fod afon yn eitem o werth, manylion y
cyfarfod, popeth. Felly, yn lle mynd i ryfel, mi ges i
iwnifform Home Guard a rhyw rwtsh fel'ny.

Ac mae'n rhaid ystyried cipar Palé, Tom. Yn amlwg,
roedd ganddo fo gontacts yn uchel i fyny yn y fyddin,
yn y llywodraeth, ers amser y Rhyfel Byd Cynta. Roedd
ganddo fo'r clowt, ac yn medru gwneud i bethau
ddigwydd. Fo gysylltodd â Westminster, a gosod
popeth yn ei le.

Ac roedd pob math o bethau od yn digwydd 'radeg
yna, jest cyn 'Rhyfel. Yn amlwg, os oedden nhw isio
rhoi'r cyfrifoldeb i rywun arall, ac os mai dyna oedd y
penderfyniad yn ystod yr amser cythryblus hwnnw,
wel, roedd Tom wedi 'ngweld i wrth fy mhethau yn
barod. Ac wedi meddwl, o leia 'mod i'n un addas i
dendio iddi.

Es i i nofio ar ôl y cyfarfod, er ei bod hi'n aeaf. Nofio
nes oedd tu cefn fy llygaid i'n fferru.

A gwrandwch, mae gen i stori i chi. Ychydig wedi

hynny oedd hi, rhywdro cyn y Rhyfel, 'thynnag. Mi glywais i benillion 'Shropshire Lad'. Nid 'Shropshire Lad' hir Housman mae pawb wedi dotio arno, ond un John Betjeman, o'r un teitl. Roedd o'n darllen ei benillion ar y weirles bob bore Sadwrn. Dyn oedd yn agor ei geg i chwerthin, roeddech chi'n medru dweud, ac un o'r penillion yn sôn am ysbryd y bachgen yma'n nofio adre hyd y Shropshire Canal ar ôl cael ei ladd yn rhywle arall. Mae rhythm nofio iddi. *Swimming along, swimming along.* Ydech chi'n cofio honno? Doeddwn i ddim yn cofio'r manylion – enw'r ysbryd, er enghraifft – dim syniad. Pethau fel'na sy'n diflannu dipyn ar ôl darllen rhywbeth – neu'i glywed o, yn yr achos yma – ond mae o'n gadael blas. Rhyw dywyllwch fel Dickens ac egni penderfynol. Dur a dŵr, ochr yn ochr, rhwd a dŵr llonydd camlas, un yn pylu'r llall, a rhythm y ddau: diwydiant a nofio. Nofio a nofio nes bod rhywun ddim yn ymwybodol o'i gnawd. Ac mae'r ysbryd yna wedi bod yn gwmni da i mi wrth i mi nofio'r holl flynyddoedd 'ma, yn cadw strôc hefo mi.

Roedd o'n deall beth oedd perthyn i afon, Betjeman, neu gamlas, felly. Achos, ar ôl nofio yn yr awyr agored fel'na, pan mae rhywun yn wantan ac yn cymryd ei wynt, mae o'n sylwi ar yr hyn sy'n cael ei lusgo allan o'r dŵr. Hanes wedi gwaddodi sy'n dod allan hefo corff gwlyb.

Llusgais fotwm iwnifform soldiwr allan un diwrnod. Nid un Prydeinig. Mae'n dangos pwy sydd wedi pasio'r ffordd hon a pha hanes sydd wedi gwaddodi. Lle i frwydro ac i fedyddio, afonydd. Cenedlaethau o fywyd yn corddi i lawr fan'cw. Yn fwy na hynny, fy nghenedlaethau i. Wrth eistedd wedi mwydo yn yr afon, mi fydda i'n gwybod: yma rydw i wedi llenwi sawl pot jam o grethyll dros y blynyddoedd, ges i graith penhwyad, nofiais, disgynnais, gwyliais Dad yn ei gwrwgl yn mynd ar ôl eogiaid. Ac mae eistedd mewn gwniadur o beth wedi'i wneud o helyg, lledr a thar yn wirionach peth na nofio, meddwn i wrtha i'n hun. Beth bynnag, roedd y botwm soldiwr hwnnw wedi glynu wrth fy asen i fel mae cregyn gleision yn gwneud ar graig, sy'n gwneud i mi feddwl amdanon ni, yr Owens, a'n perthynas ddigamsyniol â'r lle hwn.

Dod yn ôl i'm dŵr ydw i, fel yr ysbryd.

Rydw i isio dweud, 'Dod 'nôl at fy ngwreiddiau' fel mae pobl yn arfer ei ddweud, ond yn amlwg, anaddas fyddai hynny hefyd. O ddŵr ryden ni'n dod, siŵr Dduw, o ddŵr ryden ni'n cael ein gollwng ar y diwrnod cynta felly, wrth reswm, yn ôl i'r Ddyfrdwy y bydda i'n mynd.

Nid pawb sy'n deall hyn.

. . . .

Diflannu wnaeth Tom, sbel ar ôl hynny. Dad ddwedodd – dim ond pan oedd Tom yn ddigon pell, wrth gwrs – mai dyn hefo lot o foesau ond mwy o droseddau i'w enw oedd Tom, a bod dim syndod ei fod o wedi diflannu. Ond nid cyn i Tom a minnau weld ein gilydd wrth i mi gerdded ar lan yr afon, a fyntau'n llawn urddas hunanymwybodol, bregus y meddwyn, yn pysgota fel arweinydd cerddorfa a photel jin yn rhoi clun sgwâr iddo. Nid y Tom Rwden oedd yn sefyll yn stöic o dan bont oedd hwn.

Gwaeth. Mi ofynnais i, yn daer, iddo fo dyngu llw fod y cyfarfod yna yn Nolgellau wedi digwydd. Roedd pobl wedi dechrau tynnu arna i'n barod, w'chi, y munud dechreuais i sôn am y newid mawr 'ma yn fy mywyd i. Ac felly ro'n i angen Tom wrth f'ochr i, dweud wrthyn nhw – y bobl 'ma oedd ddim yn coelio – a gwneud hynny mewn cwrt, cwrt y dydd, cyhoeddus. Mynd yn ôl at y cyfreithiwr hanner Sais yna yn Nolgellau a mynnu cael tystiolaeth.

Ac mi ddwedodd 'mod i'n colli 'mhen. Dyna ddwedodd o. 'Pa gyfarfod? Wyt ti'n teimlo'n giami eto, Georgi bach?' A gwrthododd roi'r gorau i bysgota am mai Palé oedd bia'r hawliau pysgota – nid fi – a fyntau'n gyn-gipar . . .

Ymlaen ac ymlaen. Nid hwn oedd y Tom gofiwn i, y mynydd segur. Roeddwn i'n dal i fedru'i weld o, o hyd, yr hen arwr tal yn rhoi lob mor berffaith i ben penhwyad fel bod hwnnw'n colli'i ben. Ond dechreuais amau a oedd y Tom hwnnw erioed wedi bodoli.

Gofynnais iddo fo'n barchus i lynu wrth y prid a'r hawliau oedd gen i, fel y gwyddai'n iawn. I adael yr afon, yn dawel.

'Be 'di'r *Prid* 'ma gen ti?' meddai o, gan boeri.

Dechreuais innau ddweud 'Hywel Dda', er mwyn rhoi cyfle arall iddo ond nid dyna oedd o isio'i glywed.

'Dyma ni eto . . .' meddai, gan daro'i droed yn drwm yn y dŵr.

Collais ffydd ynddo fo'r eiliad honno. Chwalodd y ddelwedd mynydd yna oedd gen i, a diflannodd Tom, heb ddweud yr un gair pellach.

yr ail ran

Gwyllt maen nhw'n fy ngalw i.

Gwylliaid cochion.

George Wyllt.

A nofio gwyllt mae pobl yn ei ddweud. Y tro cynta i mi gofio nofio o ddifrif oedd yn fachgen a gorfod deffro'r Richard 'na drwy daflu cerrig mân at ei ffenest yn y bore. Fi oedd ei gloc larwm a fo oedd pencampwr nofio gogledd Cymru.

Ar wyliau, hefo Mam ac Elsi oeddwn i. Dwi'm yn meddwl fod Marged o gwmpas, eto. Heb Dad hefyd, ond heb Dad oedd pethau fel'na, fel arfer. Aros hefo Anti Esther Emily roedden ni: yr un oedd yn casglu porslen, felly doedd fiw i ni chware pêl. Roedd hi'n hen hefyd, ddim yn siarad Cymraeg ac yn gwisgo pocedi dyfnion o hyd. Rois i lygod bach, un ym mhob un, rhyw fore, a'i chlywed hi'n sgrechian allan yn y stryd.

Pwll nofio sgwâr, hallt oedd yno. Hanner yn y môr, hanner ddim. Rhywbeth o frics. Cregyn gleision wedi'u glynu wrtho, hefo'r rhai eraill yna sydd fel pebyll bach caled, pigog. Miniog, y cwbl lot ohonyn nhw, hyd yn oed ar y sodlau caleta. Ac roedd o wedi'i greu er pleser plant, fel eu bod nhw'n medru nofio yn y môr heb orfod nofio *yn* y môr go iawn. Dim llanw, dim crancod, dim dagrau.

Yn y tŷ drws nesa yr oedd Richard yn byw, hefo'i fam a'i dad a'i Jack Russell. Lot o blorod arno, dwi'n cofio, Richard. Roeddwn i wedi clywed hen ddigon am ei gampau, ei gystadlu, a'r ffaith ei fod o'n medru nofio i mewn i'r môr nes nad oedd neb yn ei weld o, ac yna'n ôl yn un darn. Ro'n i meddwl bod nofio efo fo'n fraint. Felly mi fyddai o'n disgwyl i mi fod yn gloc larwm iddo fo bob bore er mwyn cyrraedd y pwll cyn pawb arall. Cyn yr oedolion, oedd y tric. Doeddwn i ddim am ei guro fo, ond doeddwn i ddim am fod yn rhy bell y tu ôl iddo fo chwaith, felly cadw i fyny efo bob strôc oeddwn i'n trio'i wneud, a nofio 'nôl a blaen ffwl pelt rhwng hanner awr wedi chwech a hanner awr wedi saith. 'Cael y lle i gyd i ni'n dau – anhygoel', fyddai o'n ei ddweud bob bore wrth gerdded yn ôl adre tra byddwn i'n chwythu'r halen o 'nhrwyn ac i mewn i'r gwrychoedd wrth basio, yn sychu 'mhen hefo gwlanen a gobeithio na fyddai neb yn clywed oglau halen arna i wrth i mi gamu o 'ngwely'n damp, agor y 'ngheg a dweud, 'Bore da.' A'r peth penna: gobeithio fod Elsi, yn y gwely arall, heb ddeffro eto. Ond da oedd mynd ben bore fel'na. Torri'r rheolau. Peidio gorfod talu. Dyna roddodd y blas i mi ar nofio answyddogol, siŵr o fod. Waeth befo'r halen. Waeth befo'r cregyn miniog. Doedd neb yn gwybod 'mod i yno. A dyna oedd y peth.

A phan fydd pobl yn gofyn i mi, fel maen nhw'n gwneud weithiau, rownd y bwrdd bwyd pan fydd pobl yn hel atgofion, 'Be ydi'ch atgof cynta chi?', braf fyddai medru adrodd stori Richard. Mae gofyn y cwestiwn hwnnw yn un pwysig, yn arbennig i bobl ifanc. Mae'n rhoi gwell syniad o hanes iddyn nhw na llyfr. Ac am 'mod i'n hen neu am 'mod i'n cael fy ystyried yn od, mae o'n bwysicach byth. Mae bod yn hen, yn wir, wir hen yn golygu bod yn enwog. Does dim rhaid i chi dalu am swper Diolchgarwch na 'Dolig na dim.

'Nofio cyn i neb godi, mewn pwll môr hefo rhyw foi o'r enw Richard, dyfodd i fyny i gael ei ladd yn Monte Cassino.' Dyna fyddai'n dda medru'i ddweud, ond mae honno'n stori rhy ddiweddar. Felly, mi fydda i'n dweud, 'Tynnu llygaid eog afon o'i ben hefo cyllell pario tatws ar fwrdd y gegin.' Dweud bod Mam yn gwylio ac mai Dad ddaliodd o. Mae hynny'n wir. Pob manylyn yn wir heblaw am y ffaith nad dyna ydi'r peth cynta dwi'n ei gofio chwaith. Dipyn bach o *poetic licence* hefo 'mywgraffiad fy hun ddim yn gwneud drwg i neb, nac ydi, os ydi o'n creu stori well? Y gwir ydi mai'r peth cynta dwi'n ei gofio ydi rhywun diarth yn gofyn faint oedd fy oed i. Ateb, 'Tair,' heb syniad beth oedd ystyr hynny er 'mod i'n deall ei fod o'n ateb cywir a hynny'n plesio Mam.

Ar ôl nofio'r tro cynta yna, mi ddechreues i freuddwydio am nofio a breuddwydio wrth nofio. Doedd dim ffin rhwng y ddau. Yr unig beth oedd raid i mi ei wneud oedd trochi 'mysedd yn yr afon a gadael i stŵr y peth daro yn erbyn cledr fy llaw. Ac roedd hynny, dim ond hynny ar ei ben ei hun, yn cadarnhau mai nofio oedd y ffordd iawn i mi yn y bywyd 'ma. (Dyna ni eto: ffordd. Tarmac, graean. Na! Y gair dwi ei angen ydi un sy'n dweud '*way*' yn Saesneg. Gair sy'n

cwmpasu cyfeiriad a dull heb awgrymu tir. Go drapia'r
iaith 'ma. Na, na, wneith 'cyfeiriad' mo'r tro chwaith.
'Tydi hwnnw'n tarddu o ddim byd ond 'cyfair', a
hwnnw'n ddarn o dir? Ie, tir! Darn digon bychan i'w
aredig mewn diwrnod i wneud cyfresi o 'gyfeiriadau'
mewn caeau Celtaidd. Fel gwelwch chi ar ynys Sgomer.
'Tydi Ysbaddaden Bencawr, tad Olwen, ddim yn sôn
am rywbeth tebyg wrth Culhwch? Dim iws i mi! Beth
am 'trywydd'?)

Be dwi'n trio'i ddweud ydi, 'mod i'n gwybod, os
cawn i nofio mewn bywyd, os cawn i fynd ar y *trywydd*
yma, y gallwn i wneud unrhyw beth liciwn i. Ac mi
gefais i'r teimlad yma o fod yn rhan o ryw daith
fawreddog.

Welsoch chi falŵn erioed, a'i wylio fo'n hedfan yn yr
awyr las, gan feddwl mai slefren fôr oedd o, ond ar
gynfas glas awyr yn lle glas dŵr? Neu weld llun o
slefren fôr a meddwl mai balŵn oedd o? Ie, yn hedfan
drwy ddŵr. Dyna'r dryswch a'r eglurder. Yn union fel
mae rhai pobl yn ei wneud yn eu breuddwydion.
Gadael tir a mynd i'r byd arall. Ymdrochi'n drist; dod
allan yn wirion bost o hapus. Dengid rhag gwaith
cartref Latin neu drethi neu alwadau ffôn. I'r diawl.
Rhyddid gwyllt a noeth. Poeri at weision y neidr a
sblasio chwîd.

A Mam annwyl yn gwybod yn iawn o'r dechrau
'mod i'n nofio lle na ddylwn i, yn mynd tua'r afon ar
hanner cyfle. Gwybod a chogio gwybod dim. Chware
teg. Dweud 'mod i wedi disgyn i'r dŵr wnes i un tro,

pan ffeindiodd fi'n sleifio i mewn drwy'r drws ffrynt er mwyn ei hosgoi hi. Finnau'n dweud, 'Wnes i'm trio!' A phopeth, hyd yn oed trôns a sanau'n socian ac angen 'u 'ringio dros y sinc gan mai dyddiau cynnar oedden nhw, a minnau jest yn fflingio 'nghorff i mewn oddi ar gangen coeden, dillad a phopeth ac i ffwrdd â mi. A Mam wedyn: 'Wel, trio peidio sydd isio!' Roedd hi'n flynyddoedd cyn i mi ddeall ystyr hynny.

· ·

Tra 'mod i'n ystyried y peth – y cyfrifoldeb am yr afon yma – aeth y byd ati i siarad am achub Gwlad Pwyl a bomio pawb arall yn y byd i wneud hynny, a thoc ar ôl i'r dyfroedd hynny setlo, ar ôl y dathlu a sylwi, wedyn, ein bod ni yng nghanol yr hyn oedd yn dechrau cael ei alw'n Rhyfel Oer, mi briodais i. Nid y ferch oeddwn i'n ei charu ar y pryd, ond mi briodais i, a dyna 'di'r pwynt. Diolch i'r drefn, 'tydi hi ddim yma rŵan, i wybod 'mod i'n siarad amdani yn y ffasiwn ffordd. Nansi. Nan fi.

Roedd yr afon yn fy mhoeni i. Yn gwneud i mi freuddwydio am lifogydd dieflig, ac wel, ro'n i'n unig, a bod yn onest.

Efallai na ddylwn i erioed fod wedi trio'r peth – priodi – y fath ymrwymiad. Ond ar y pryd, roedd yn beth atyniadol. Roedd pawb yn siarad digon amdana i fel roedd hi. Mi fyddai priodas yn rhoi pwnc arall iddyn nhw ei drafod dros baned, dros beint. Am y tro.

Roedd mwy i'r priodi na hynny wrth gwrs. Roedd hi'n amser, roedd popeth yn ei le, Dad yn poeni na fyddwn i ddim ac roedd yn rhaid profi ei fod yn anghywir. Hyd yn oed fy chwiorydd wedi mopio hefo hi. Popeth yn iawn.

Tawelwch oedd ffordd Dad o ddangos ei fod o'n poeni. Mwy o dawelwch nag arfer felly. Un am adael nodyn yn lle dweud 'i ddweud oedd Dad. Pethau fel:

> Jest i ddweud,
> dwi di byta'r
> grêps
> oedd ar silff
> isa'r pantri.
> Sori
> os oedden nhw at ddy' Sul.
> Blasus iawn!

Ac anferth o ebychnod – yn gwybod yn iawn eu bod nhw'n cael eu cadw ar gyfer pwdin dydd Sul. Ond fe fyddech chi'n gweld ei ddarnau papur o'n hedfan o gwmpas y gegin fel gloÿnnod byw gwyn mawr byth a hefyd. Y nodyn gorau oedd:

> Wedi mynd.

Jest fel yna. Ac wrth reswm roedd hynny'n golygu, 'Rydw i wedi mynd *ac* mi fydda i 'nôl i ginio,' neu 'swper' neu beth bynnag. Ddim isio'n deffro ni oedd o, wrth adael peth cynta. Fel 'tase fo'n meddwl, heb y nodyn, na fydden ni'n sylwi ar ei absenoldeb o, a bod yn rhaid cyhoeddi hynny. Ei lawysgrifen o'n dynn, wedi arfer dal ffon gerdded, nid pensel. Roedd o'n bownd o beidio dod yn ôl un diwrnod, o'nd oedd?

Tawelwch llethol gafwyd yn y cyfnod pan oedd o ar dân isio i mi briodi – priodi unrhyw un, dwi'n meddwl – fel petai'r peth yn corddi y tu mewn iddo a fyntau heb 'fynedd i godi'r pwnc. Cyn Nan, yn'de. Ac fe ddaeth hi â thafod Dad yn ôl.

Roedd gen i dric. Y tro cynta ddaeth hi i'r tŷ, dweud, 'Dew, mae Pecorino'r ci wedi cymryd atat ti, yli,' pan aeth o ati i'w dilyn hi o gwmpas y buarth ac eistedd ar ei thraed hi dros swper. Rhyw atgof o gyfnod y POWs Eidalaidd oedd Pecorino, dafad fach. Dweud yn glir wrth Nan, ''Tydi Pecorino ddim yn licio neb fel arfer.' Ac mae honno'n ffordd dda o wneud i rywun deimlo'n gartrefol. Os ydi ci yn eu cymeradwyo nhw, yn enwedig ci â barn. Ac mae cŵn yn gwybod y pethau yma. Y gwir ydi, hoffi merched oedd yr hen Pecorino. Digon pleserus oedd swper wedyn, ond fod Dad wedi mwmian y munud ddwedais i, ''Tydi'r ci ddim yn licio neb fel arfer,' 'Hy – na tithe!' a chwerthin.

Felly, mi briodais i ferch ddel a hithau mewn ffrog liw bysedd y cŵn, yn ei heglwys hi, a'r lle yn llawn potiau o ffarwel haf a blodau Mihangel – nid fel llygaid y dydd cae ac nid fel y rhai mawr yna gewch chi mewn siopau ond rhywbeth yn y canol hefo twtsh o biws yn y petalau, yn wan fel dŵr peintiwr. Blodau henffasiwn, rŵan. A faswn i erioed wedi cofio'r ffasiwn fanylion oni bai fod Elsi a Marged yn dweud nad oedd hynny'n mynd hefo lliw ei ffrog hi, ac wedi'm hatgoffa i o hynny sawl tro. 'Mor ddel, ond biti am . . .' oedd hi bob tro y byddai pobl yn hel atgofion. Ac ar ôl 'Rhyfel, ddylen nhw ddim fod wedi hyd yn oed sylwi ar bethau felly.

Y bwyd fydda i'n ei gofio fwya. Ond del ydi'r pethau Mihangel bychain yna hefyd, fel chwaer i'r grug ond ar gyfer tywydd tyner.

Mae'n rhaid 'mod i'n ei charu hi ar y pryd, ond dydw i ddim yn cofio hynny. Dyma'r math o beth all dyn ei ddweud wrth edrych yn ôl. Dwi'n cofio methu deall rhyw bethau bychain amdani, fel ei dyddiau lletchwith pan fyddai hi'n codi, yn baglu dros y gath neu rywbeth fel'ny, a baglu dros bopeth am weddill y diwrnod, gan gynnwys gwynt oer. Sy'n beth od, gan mai gosgeiddrwydd ydi ystyr Nansi yn ôl y sôn. Ond dro arall mi fyddai hi'n ddigon gosgeiddig i gerdded drwy gae o asgell heb gyffwrdd dim un ohonyn nhw.

Felly mi ddwedais i wrtha i'n hun: dyma fi yn tyfu allan i'r byd go iawn. Ac mae pobl yn llygad eu lle pan ddwedan nhw ei bod hi'n newid pethau, priodas. Er na ddylai hi ddim. Ond yn wir, mae seremoni'n cael gafael ar ryw ddarn cyntefig, anymwybodol o rywun. Os nad Duw, rhywbeth arall. Ond roedd dealltwriaeth a diffyg dealltwriaeth yn gwneud i ni'n dau chwerthin wedyn wrth agor giât, wrth frwsio dannedd, ar ganol brecwast, unrhyw bryd ac o hyd.

Efallai mai cariad oedd hynny. Oeddwn, roeddwn i'n ei charu hi, hyd yn oed 'radeg honno, ond nid yr un fath.

Ar y diwrnod ei hun, teimlo: hwn ydi'r fi gorau.

Dweud hynny wrthyf fi'n hun. Torchi'n llewys – anferth o wledd briodas, grugieir cynnar, eogiaid hwyr mawr ar blatiau piwter a pheipin tatws fel llygaid – gwaith Elsi – moron a chennin a chacen wedyn a'i llond o wisgi; dawnsio, teimlo'n sâl, dawnsio eto, ac ar ddiwedd diwrnod hynod hynod, hyfryd, llwyddiannus: cariad.

Dechrau bywyd â pharlwr bach, parlwr mawr, cegin, dwy ystafell a bathrwm. Cwilt melyn wedi'i grosio ar y gwely a dresin têbl oedd yn organ droed o ryw gapel, a'i chaead i lawr. Gorfod torri'r gwely yn ei hanner hefo llif er mwyn ei gael i fyny'r staer neu mi fydden ni wedi bod angen craen i fynd â fo drwy ffenest y llofft. Fydd dim gadael ar hast rŵan 'te, feddyliais i. Yma gorwedda i hyd bydda i farw. A hithau. Hi, wrth f'ochr.

Ac yn y parlwr bach, dwy gadair o flaen tân, tebot potyn byth a hefyd ar y bwrdd bwyta, bwrdd bach hefo lamp a chyllell boced arni, mynydd papurau, pwffi. Bathrwm lawr staer, ond doeddwn i'm yn defnyddio bathrwms rhyw lawer: llefydd oer sy'n magu jyrms a dal salwch. Gêr dipio oedd yn y bath gan amla. Ond daeth y bath yn handi adeg wyna, os oedd gen i lond y lle o ŵyn wedi cael eu gwrthod gan y ddafad, neu rywbeth fel'na. Ar ôl plwc, cefais hefyd lamp goch, gynnes i'w gosod uwchben y bath. Ac roedd yr ŵyn yn medru mynd i fan'no, os nad oedd lle o flaen tân y gegin.

Slaffar o gegin, ond doeddwn i ddim i ddefnyddio honno ryw lawer chwaith – dim ond i roi biliau heb eu talu tu ôl i'r cloc.

Roedd oglau wedi hogi braidd ar y lle am wythnosau. Y noson gynta yno – dwi'n ei chofio hi fel tasai'n ddoe – ar ôl i'r helpars gael eu bwydo a gadael, roedd y lle'n dal i edrych yn wag, ond neb yn medru cyrraedd y drorsys i gadw dim byd, rhag y bocsys o stwff yn sefyll yn eu herbyn nhw. Cerdded ar flaenau 'nhraed, edrych amdana i'n hun yn y ffenestri tywyll, a gweld fi fy hun yn lle'r ardd. Dacw fi, a 'nwylo yn fy mhocedi, fi, yma. Dweud wrth yr adlewyrchiad mawr: mi fyddi di'n ol-reit yma, weli di. Mor gyfoethog wyt ti! Ac yn dawel bach, ar ôl i Nan ddadbacio hyn a'r llall (brwsys dannedd, poteli dŵr poeth, pethau brecwast) a rhoi paned i fynd, mi ddaeth ata i. Finnau jest yn edrych allan tuag at lle roedd y llwyni eirin Mair, ac edrych ar ein siâp, yn ein tŷ, fawr mwy na llinell bensel, a hithau mor fach yn fy nghesail.

Ac mi gawson ni laeth cynnes y noson honno. Dyna'r unig beth oedd gynnon ni i'w fwyta: llaeth, chwe wy gan Mam a top-tier y gacen, oedd ddim llawer o iws ar y pryd.

Job ddiflas ydi gwagu bocsys, a ffeindies i erioed y llun ohonof i a chiperiaid Palé yn cydio mewn penhwyaid oedd yn cyrraedd o'n hysgwyddau at ein sodlau. Roedd hwnnw mewn bocs coll, fel petai bocs anrhegion priodas llawn pethau fel tyweli wedi cymryd ei le. Y tyweli i gyd yn felyn hefo rhimyn gwyn, oedd yn digwydd matsio'r bath melyn oedd byth yn cael ei iwsio, fel petai'r cwbl wedi'i gynllunio.

Mi gafodd Mam ddod yn y diwedd, ar ôl rhyw sbel

o ddwrdio'i bod hi'n medru gweld ein bod ni'n edrych arni, wrth iddi basio yn y nos, er ei bod hi'n gwybod yn iawn nad oedd 'na'm byd ond düwch i'w weld. Mi goelith pobl be lician nhw. Ac mi ddaeth hefo'i nodwydd, a rhoi cyrtens streips brown ym mhobman, cyrtens trwm hefo leinin wedi'i wneud yn iawn. Maen nhw'n hongian yn fy nhŷ i, rŵan. Yn rhy hir i'r ffenestri, ond mae'n haws gen i 'u gadael nhw'n llusgo ar hyd y llawr na thrio'u haltro nhw. Be di'r bwys a ydw i'n bagio hem fy nghyrtens os ydw i'n naw deg dau oed? Mae'n bleser cael clywed lleisiau Mam a Nan yn twt-twtian yn fy mhen – wneith hyn 'mo'r tro o gwbwl! – fase'n dawel yma fel arall, 'base! Mi fydda i'n ateb weithiau. Ylwch golwg ar y 'sgidiau 'ma ar ôl bod allan – wel, wel, ddylet ti roi Dail y Post ar hyd 'llawr cyn dod i mewn, wyt ti'm yn meddwl? Diawch, dylwn. Cau'r drws. Wyt ti isio paned? Be am hanner paned? Mmm. Fel, yna.

Ac mi fydda i'n gweld yr un peth heddiw: merched ifanc newydd briodi, hefo'u trol Somerfield, yn falch ac yn fodlon ac wedi cynhyrfu i gyd, ac mor dlws a llawn cryfder. Yr un hyfrydwch oedd gan Nan yn ei chroen, siŵr gen i, ond nad oedd syniad gen i ar y pryd. Ond maen nhw i'w gweld ym mhobman rŵan. Merched priod, ifanc, hapus. Dall ydi dyn ifanc.

A sôn am Ryfel Oer – oer, myn uffern i. Doedd pethau ddim yn iawn, ddim yn iawn o gwbl. Ond rhewllyd, oedd. Rhewodd Llyn Tegid a'r Ddyfrdwy hefo hi, y munud briodais i. Wel, doeddwn i ddim yn fodlon. Mae'r afon i fod i lifo drwy'r llyn heb gyffwrdd yn nŵr hwnnw, w'chi. Heb fradychu ei dŵr.

A bod yn fanwl gywir, mae 'na ddwy ffynnon: Dwy Fawr, Dwy Fach. Wedi'u henwi ar ôl dau ddyn ddihangodd o ddilyw Noa maen nhw. Rheiny sy'n uno a chreu afon Dyfrdwy, sy'n llifo i mewn i'r llyn gan aros yn un rhuban ufudd, solet, balch a dod allan ym mhen arall y llyn, yn bur. Dilyw ydi'r llyn. Ac aiff Dwy Fach a Fawr ddim ar gyfyl hwnnw. Rŵan, anghofiwch y cysylltiadau beiblaidd am funud. Y pwynt ydi hwn: fyddai dŵr yr afon byth yn cyfuno efo dŵr y llyn, felly sut mae disgwyl i mi goelio fod y llyn cyfan, a'r Dyfrdwy hefo fo, wedi rhewi?

Ond mynnu gwaed oedd Nan. Beth oedd diben gweithio ar ddiwrnod mor annioddefol o oer, oedd ei dadl hi. Roedd hi'n cyffio gan rew. A minnau wedi bod yn procio'r eira ar y topiau drwy'r nos, yn chwilio am ddefaid. Doedd hi dim ffit. Roeddwn i'n colli defaid, cymaint o ddefaid o dan yr eira, dim ond i'w cael nhw'n ôl yn dda i ddim, wedi mygu a marw a rhewi, ac wrth i'r eira feirioli, roedd y cigfrain yn eu bwyta nhw bob yn ddarn gwaedlyd a gadael yr eira wedyn yn binc mewn patshys, yn chwâl esgyrn, a phlu du. Ac roeddwn i – dwn i ddim am bawb arall – roeddwn i wedi blino nes disgyn. Ond rhaid oedd mynd i weld y wyrth hon, fod y llyn fel llechen wen.

Gwyrth? Ie, gwyrth a chreulondeb hafal i wledd y cigfrain ar y Berwyn.

Rhaid oedd mynd, er hynny. A dyna lle roedd y llyn,

yn union fel roedd pobl yn ei ddweud, yn wyn ac yn galed. Rhywun yn gwneud llwybrau wyth hefo beic ac yn sgrechian rhywbeth roedd digon peryg achosi crac. A cheir hefyd, pobl yn rhoi petrol yn eu ceir, dim ond i ddod ar y Llyn. Yr unig beth fedra i gymharu'r cyfan â fo ydi'r holl firi sydd y dyddiau hyn pan mae un dyn bach yn gorchuddio'i dŷ hefo goleuadau Nadolig, miliynau ohonyn nhw'n llygru'r sêr, a phererindod o bobl yn dod o bob cwr i'w gweld. Parti. A phapurau newydd yn gwneud ffys. Ond bod y llyn yn waeth. A phobl yn sglefrio hefyd, mewn esgidiau pwrpasol. Sut mae pobl yn gwneud pethau fel yna: ffeindio'r ffasiwn bethau yn yr atig? Dyna oedd y wyrth, siŵr Dduw. Be 'di diben esgidiau sglefrio os nad ydech chi'n byw yn Alaska? Felly o ble roedden nhw wedi dod, yn sydyn reit?

Wel, doeddwn i ddim yn mynd i ddreifio'r car ar y llyn i brofi'r peth. Felly sefyll ar y lan wnes i. A Nan, hefyd, hefo fi. Yn rhoi blaen ei throed arno fo, weithiau, a'i gnocio. Ond dyna'r cwbl.

Pan mae dŵr yn symud, hyd yn oed os ydi o'n un corff, mae modd credu fod yr afon yn symud trwyddo, yn annibynnol. Ond be am hyn? Un oedd o. Un solet. Yn gwrth-ddweud yr hyn a wyddwn i sicrwydd.

Mae yna achosion mewn hanes o'r tywydd mewn argyfwng, on'd oes – a wir, mi goeliais i fod Oes yr Iâ ar ddod eto. Fod pethau cynddrwg â hynny. Meddyliwch am y clogfeini anferth sydd heb fod ymhell o'r Ddyfrdwy, jest ar ôl y Bala, carreg galed sydd ddim i'w chael yn naturiol yn yr ardal yna gan eu bod nhw wedi dod o'r Arennig, bum milltir i ffwrdd, yn ystod Oes yr Iâ. Roedd pethau chwithig wedi digwydd o'r blaen, ac ar fin digwydd eto. Y Ddyfrdwy'n cael ei disodli gan y rhew mawr, am un gaeaf. Mi fedra i goelio 'falle ei bod hi dal yn driw i'w thrywydd o dan y rhew, ond llyn oeddwn i'n ei weld, nid afon. A chraciodd rhywbeth y tu mewn i mi.

Mae sôn fod teulu Plas Rhiwedog, i lawr y ffordd, yn berchen pelen risial sy'n medru rhag-fynegi tynged y teulu, ei bod hi'n cracio bob tro mae rhywun ar farw. Hyd y gwelwn i, rhywbeth tebyg oedd y Ddyfrdwy; dim cracio ond caledu, dim rhag-weld ond ymateb. Yn dweud: mae pethau o'u lle. Fe ddigwyddodd eto wedyn, yn '63, toc ar ôl i Mam a Dad farw. Dim ond dwywaith erioed i mi ei gofio, pan oedd pethau ddim yn iawn.

Bellach, mae'n anodd coelio fod y ffasiwn beth erioed wedi digwydd. Edrychwch i lawr i'r dŵr yna. Ewch i sefyll ar bont dros yr afon ac edrychwch! Welwch chi rywbeth 'blaw dŵr, rhyw gwrw dihopys o liw? Neu rywbeth sy'n ddigon pleserus i wneud i chi ddweud, 'O dyna braf.' Neu hyd yn oed, 'Ylwch, 'sgodyn!'

Gadewch i mi ddweud wrthoch chi be sy yno. Mae hyn lawn cyn bwysiced ag esbonio'r busnes prid 'ma. Mi ddo 'i at hwnnw ac yn union be wnes i hefo fo, mewn chwinciad. Mae popeth yn dechrau hefo'r afon, 'tydi? Gwrandwch, rŵan. Mae clogfeini, cerrig, graean a mwd yn creu eu tirwedd ei hunain ar wely'r afon a'r siâp yn wahanol bob dydd; boncyffion pren caeth, gwlyb-soc a phydredig; esgyrn defaid neu bysgod neu waeth; darnau arian, gemwaith; be arall? Enwch chi o. Mae o yno.

Pethau byw sydd yno hefyd – nymff y fursen, a nymff y gleren Fai yn cropian hyd y gwaelodion, i fagu adenydd yr haf 'ma, neu'r haf nesa, 'falle, a mynd ati i gyplu fel ffyliaid cyn marw'r un mor gyflym, a gorwedd ar wyneb y dŵr fel tamaid i aros pryd ar gyfer rhyw bysgodyn. A larfae pryf pric ar ochr isa'r cerrig, a gwe gwybed byfflo. Pryfed gro yn gwibio drwy'r bylchau tywyll. Malwod a gelod yn glynu wrth y chwyn. Pryfaid genwair o'r pridd wedyn, rhaid peidio ag anghofio'r rheiny, a phaill a maeth o bob math.

Ac wedyn mae gynnoch chi ddyfrgwn yn cuddio. O, maen nhw yno. Mae gen i ffydd eu bod nhw, er 'does dim golwg ohonyn nhw wedi bod ers tro byd, tan yn ddiweddar. Dyna i chi effaith yr holl hela hefo bytheiaid hyd y chwedegau. Mi welwch chi hoel un weithiau – pysgod wedi'u hanner bwyta ar ochr afon. A'u gweld nhw'n chware yn yr haul, creaduriaid direidus fel ag yden nhw.

Pysgod, siŵr iawn, mae pysgod yno, rhai o bob maint. A rhyw bethau eraill sy'n symud mewn cwlwm: 'slywod, cysgod y lleuad, creaduriaid cynhanes, cynchwedl, od, wedi mynd cyn i chi sylweddoli eu bod nhw wedi bod yno. Y llyfrothen, sy'n prinhau. A phenhwyaid diawledig: os oes un yno, mae gormod, ond yno maen nhw. Twrw ar wyneb y dŵr weithiau'n dangos eu bod nhw yno, a'r cwbl welwch chi ydi modrwyon dŵr fel 'tase rhywun anweledig wrth eich ochr chi wedi tarfu ar bethau drwy daflu carreg. Neu ydi hi'n dechrau glawio? Ond fel arfer, ymddangos yn dawel mae pethau, i lawr yno yn yr afon fewnol. Ac yn ola, wrth gwrs, mae dŵr – rhaid peidio ag anghofio'r dŵr. Achos i rai dyna ydi'r afon, a dim arall.

Gofynnwch i chi'ch hun, ydi hi'n bosib i rym hwn i gyd rewi fel 'mod i'n medru sefyll arno? Gwyrth, ie, diffiniad perffaith o wyrth: rhywbeth na ddigwyddodd erioed, na ddigwyddith byth. Fel Iesu Grist yn cerdded ar draws Môr Galilea. Mae pawb yn gwybod na ddigwyddodd hynny go iawn, er ein bod ni'n adrodd yr hanes. Felly, er bod llun du a gwyn o gar wedi'i barcio ar y llyn i'w weld yn yr Hen Ben Tarw yn y Bala, gan brofi bod y rhew wedi digwydd, p'un ai ydech chi'n sobor ynteu'n feddw . . . wel, na, wna i 'mo 'i goelio fo. Mae amser wedi mendio 'nychryn i, ac rydw i'n coelio be dwi'n ei goelio, ta waeth am lun a hanes. Fydda i ddim yn mynd i'r Pen Tarw 'thynnag. I be? Ddigwyddodd o ddim. Mae'n amhosib.

Ganwyd llond lle o blant yn yr ardal naw mis wedyn. Ydech chi'n synnu? Wel, mae gaeaf creulon yn gweithio fel Sioe neu Eisteddfod Genedlaethol, 'tydi? Rhaid cadw'n gynnes neu godi ysbryd parti. Meddyliwch chi faint o bobl ydech chi'n eu hadnabod sy'n dathlu eu penblwydd tua diwedd Ebrill neu ddechrau Mai – mae'n dweud y cyfan – naw mis ar ôl wythnos gynta mis Awst. Epidemig Cymreig. Ac mae gaeafau arbennig o oer neu noson neu ddwy heb drydan ar ôl storm yn gwneud yr un peth, ond ei bod hi'n anoddach pwyntio bys at hynny.

Mi gawson ni, Nan a fi, ddau o blant: Hywel a Gwên. Hywel, y Medi ar ôl y Rhew Mawr. Syrpréis-syrpréis. A Gwên dair blynedd wedyn. Ac nid Gwen fel Gwendolena neu Gwenllïan neu Gwenhwyfawr ond gwên fel gwenu, Gwên fel mab ola Llywarch Hen, ond sy'n enw llawn cystal ar ferch. Ac mae dweud gwên fel dweud 'cheese' yn Saesneg, cyn cael tynnu llun, 'tydi? Ond yn fwy addas o bell ffordd. Yn ei siwtio hi hefyd, pan oedd hi'n groten, er nad oes llawer o wenu nac o Gymraeg rhwng y ddau ohonon ni bellach. Mynnu bod yn Gwen mae hi rŵan.

Ac roeddwn i'n nofio'r adeg honno hefyd. Yn dal i nofio. Yn codi'n gynnar cyn gwaith ac yn mynd, mewn hanner golau, ar hyd y caeau tamp wedi fy lapio mewn côt gŵyr a dim byd ar fy nhraed, yn barod i fynd. Rhoi fy mhen dan dŵr fel 'mod i'n gweld to o swigod a dail a phryfed marw ar yr arwyneb uwchben. Od, od aruthrol, gweld y byd fel yna, fel hedfan a gweld cymylau fel llawr. Od hyd heddiw. A thorri drwy'r dŵr, o un byd i'r llall gyda phob strôc. Mae miloedd ar filoedd o fywydau microsgopig i'w gweld yn y dŵr, yn arbennig yng ngolau tryloyw'r bore. Algae a rhuban main rhyw chwyn yn estyn at y to fel tric disgyrchiant.

Roedd hi'n amrywiol o ran tymheredd ond bob amser yn oer, oer. Y boreau'n cynnig ambell wawr lwyd ac ambell wawr aur ond y dŵr rhewllyd wastad yn rhoi ysgytwad cyn i mi setlo i'r daith ddyfriog o 'mlaen i. Finnau'n hawlio'r afon a hithau'n fy hawlio innau. A cherdded adre wedyn, yng nghynhesrwydd cymharol un ai law neu niwl, neu wlith yn ageru neu olau siarp y bore.

. . . .

Roedd hi'n go agos i'r briodas arna i'n sôn wrth Nan amdana i a'r prid. Hen bryd, on'd oedd hi, erbyn hynny? Eisoes, roedd peryg y byddai rhywun arall wedi cynnig yr wybodaeth iddi. Felly meddyliwch amdana i: rydw i'n wyth ar hugain oed ac mae hyn yn digwydd yn y Bryntirion Inn. Efallai fod llun wedi'i dynnu ohonof fi cyn mynd. Ond eto, pwy fyddai wedi meddwl tynnu llun? Dim ond wedyn y daeth y noson yn bwysig, siŵr. Efallai fod rhyw lun arall, ond ei fod o'n perthyn i ryw ddigwyddiad ac amgylchiadau gwahanol – dyna ni, fel priodas – a 'mod i wedi'i gydio fo wrth y digwyddiad yma, hwn lle rydw i a Nan yn cerdded i mewn i'r Bryntirion.

Chwydu 'ngeiriau wnes i, yn ôl Nan. Cochi, hyd yn oed. Finnau wedi paratoi filwaith mwy nag y gwnes i cyn gofyn iddi fy mhriodi i, fisoedd ynghynt. Dewis od oedd y Bryntirion, wedi meddwl, hefyd, ond o leia roedd o'n lle bob dydd, dim byd anghyffredin. Haws canolbwyntio fel'ny. Ac roedd yn rhaid i mi roi cyfle

iddi roi'r fodrwy yn ôl i mi a rhedeg i ffwrdd, os mai
dyna oedd yn iawn, gan fod hyn yn mynd i effeithio ar
ei dyfodol hi ac ar ei phlant a'i hwyrion a'i gorwyr.
Pedair cenhedlaeth lân oedd eu hangen arna i, yn'de –
a sut allwch chi ddweud na fyddai hynny ddim yn
effeithio ar ferch oedd ar fin bod yn wraig i mi?

Mi ffeindiais i lun o'r mab, Hywel, pan oedd o tua
deunaw oed. Un tenau a llwm ydi o yn y llun hefyd. Un
balch a phenderfynol dlawd. A dyna sut mae o isio'i
weld ei hun, yn real pictiwr o'r bachgen tlawd
breintiedig, yn gwybod be mae o'n ei wneud. Tyllog ac
ifanc: dyna'r 'gosa peth sydd ar gael i lun y dyn ifanc yn
y Bryntirion.

Ylwch, dwi'n nerfus wrth sôn, rŵan. Gwaeth na
dyweddïo, hyn. A phwysicach. Cerdded i mewn a
difaru. Yn siomedig hefo'm dewis fy hun: tafarn, lle
tila, a minnau'n gwybod hynny'n iawn. Y papur wal
wedi twchu fel ewinedd smociwr, y stoliau'n simsan ar
eu traed, a'r ystafell sgwâr yn fyddar feddw. Ac rwyt ti
wedi dod â hi yma! Fy nghicio fy hun o dan y bwrdd
am beidio mynd â hi *at* yr afon. Ond ta waeth, tyd.
Gofyn am ddau swper beth bynnag. Cig eidion i ddau,
a Yorkshire pwd a phys.

Ac felly, rydw i'n fy ngweld fy hun yn cerdded i
mewn, yn wyth ar hugain oed. Mae'r corff yn denau a
chwim, petrusgar allech chi ddweud. Ac wedyn y
dillad. Rwyt ti'n trio gormod, fyddech chi isio'i ddweud
wrth y dyn ifanc yma. Yn rhy amlwg, yn rhy amlwg o
beth gythgam. Mae'r trowsus yn un gwlân ond yn

dreuliedig. Trowsus call oedd gen i ers blynyddoedd, ers priodas rhyw berthynas ... ond roedd o'n un safonol ac yn weddus iawn cyn belled nad o'n i'n rhoi arian yn fy mhocedi. Crys unlliw a chrafat; yn hwnnw mae'r cliw 'mod i ar fy ngorau ac yn hwnnw hefyd mae'r tlodi. Nid crafat mae pobl yn ei wisgo rŵan ond tei tenau. Ond doedd dim tei na chrafat yn y dafarn, beth bynnag. A'r esgidiau, dwn i ddim. Ro'n i wedi gwneud real ymdrech y noson honno. Yr esgidiau brôg brown, mae'n rhaid. Fedra i ddim dychmygu dim byd arall. Gwisgo'r rheiny oeddwn i: rhai oedd wedi bod un maint yn rhy fawr i mi ers erioed, a phrin yn cael eu gwisgo unwaith y mis. Roedden nhw'n rhwbio digon wrth i mi gerdded, i mi fodloni ar ddal i eistedd ar fainc y dafarn pan oedd yn llawer gwell gen i'r syniad o fynd at yr afon.

Felly dwi'n dweud fy nhamaid uwchben tafelli o gig, ar blât oer, damio nhw. Dweud mai fi sydd bia'r Ddyfrdwy. A bod gan hynny oblygiadau iddi hithau.

Beth wnaeth hi ond fy hitio i ar draws y bwrdd, walpen ar f'ysgwydd a dweud, 'Dwyt ti ddim yn meddwl 'mod i'n gwybod hynny?' a gwenu o glust i glust.

Bellach, rydw i'n gwybod pam mai gwenu wnaeth hi. Roedd hi'n gweld y gormodedd ymdrech ac yn meddwl fod hynny'n annwyl. Dim byd mwy dychrynllyd na hynny oedd wedi achosi gwên. Ond wrth eistedd gyferbyn â hi, yn crafu 'nghoesau yn y trowsus gwlân, doedd gen i'm syniad. Twp oeddwn i'n teimlo.

Wel, wrth gwrs, roedd rhywun wedi dweud wrthi. Merch leol fel yna. Sut allai hi beidio â gwybod? Ond roedd hi'n ddigon bodlon chwerthin am y peth a chario 'mlaen i fwyta'i chig oer. Nid yn unig roedd hi'n derbyn hyn ond yn ei hoffi, neu dyna feddyliais i. A dyna oedd diwedd y sgwrs honno. Priodi wnaethon ni.

Ond troi'n ddrwg wnaeth pethau. Gwrandwch ar hyn:

'Talent am ddicter, cael y ffitiau du yma o dempar dyn gwyllt, ar ddim. Gwylia fo.'

Hawdd ydi cofio geiriau fel'na. A'r diawl tila'n methu sgwennu'i enw ar y gwaelod, pwy bynnag oedd o. Be fedrwn i 'i wneud am y peth? Neu amdani hi? Allwn i ymddiried yn neb, w'chi, neb.

Codi ffos ar ffarm gyfagos oedd y bwriad ond fod y joben wedi'i chanslo'r munud ola. Ac ar ddyddiau fel yna, mi fyddwn i'n ffereta mewn drorsys. Yn union fel roeddwn i'n ei wneud yn fachgen. Ond dim ond tun botymau a hen gardiau post oedd yna i'w ffeindio yn nhŷ Mam a Dad. Yn nhŷ Nan a fi: hwn. A difaru chwilio. Difaru a meddwl hyd heddiw amdani – y ddynes yn darllen hwn a'i gwên ddim yn gwegian. Os gwelais i 'run arwydd o newid ynddi, pryd ddigwyddodd o? Hithau'n tywallt cariad arna i, yn annwyl wrth bob ystum, yn fy nghyffwrdd wrth basio. Yn amlwg i unrhyw ffŵl, yn fy ngharu i! Ond wedi derbyn, a gwaeth fyth, wedi cadw'r llythyr diddyddiad yma. Ac yn ddynes ddychrynllyd i mi ar adegau, oherwydd hynny. 'Run o'r ddau ohonon ni'n fodlon rhoi pen ar y pared a dweud, 'Dyma fo!' Gêm rownd a rownd; fi'n gwybod ei bod hi'n gwybod am y llythyr, hithau'n gwybod fy mod i'n gwybod ei bod hi'n fy ngharu i'n fwy na'r byd. Ond pam?

Mae'r llythyr yn profi un peth i chi, siawns: mae mwy o siarad wedi bod amdana i nag y gallwn i fyth 'i ddychmygu.

* *

Roeddwn i'n teimlo, wastad, na allwn i wir dyfu i fyny nes oedd Dad wedi marw. Ac mi fu Dad farw. A theimlo oeddwn i, wedyn, fod raid i mi wneud rhywbeth – gwneud rhywbeth o werth.

Rŵan, dwi ddim isio i chi deimlo 'mod i'n chwilio am rywun i ddweud, 'O, bechod.' Roedd Mam a Dad, y ddau ohonyn nhw wedi cael cwmni Hywel ac wedi cael gweld Gwên. Ac ro'n i wedi gobeithio, pan ddeuai'r dydd, y byddai Mam yn mynd yn gynta, nid Dad. Dymuniad anghyfforddus ond mi fedra i gyfiawnhau'r peth: allai Mam ddim bod wedi côpio ar ei phen ei hun fach.

Ar y lôn ddiawledig yna ym Mwlch Braich yr Owen oedden nhw, ar y ffordd yn ôl o Lyn Fyrnwy. Mae hi mor beryg â'r *Italian Job* yno, y math o le mae pobl yn dweud, 'Mi fydd 'na ddamwain gas un diwrnod, yn siŵr i chi,' a char neu ddau ar waelod y dibyn, bedwar can troedfedd islaw, wedi llosgi'n ulw a'u drysau wedi byrstio. Ceir wedi cael ffling dros yr ochr yden nhw fel arfer; pobl isio cael gwared ohonyn nhw heb dalu'r Cyngor. Er bod golwg trychineb ar y ceir, mae pobl sy'n gwybod yn well yn medru bod yn ffyddiog nad oedd yna bobl y tu mewn i'r esgyrn ceir sy'n chwdrel i lawr yno, diolch i'r drefn, ac yn medru arbed brifo'u dychymyg. Ond i lawr yr aeth Dad a Mam.

Fo oedd yn dreifio, ac yn ôl y doctor, fyddai 'run o'r ddau wedi teimlo'r gnoc. Mae hynny'n gysur. Ac rydw i'n siŵr eu bod nhw wedi cael prynhawn braf ger y llyn cyn hynny. Felly dyna ni. Ac ar fwrdd y gegin, a'r drws yn hollol agored, pan es i yno wedyn, ar ôl cael gwybod am y ddamwain, roedd nodyn yn dweud, 'Wedi mynd.' Yn golygu'r hyn roedd o'n ei ddweud, am unwaith. Wel, Dad, ro'n i'n meddwl eich bod chi'n cuddio y tu ôl i'r cwpwrdd deuddarn!

Edrychon nhw erioed mor fodlon ag oedden nhw pan welais i nhw yn nhŷ'r trefnwr angladdau. Pobl wedi marw – maen nhw'n twtio dipyn arnyn nhw dwi'n gwybod, fel eu bod nhw'n barodïau o ddoliau porslen. Ac mae'n biti garw na ddaeth neb arall hefo fi, achos doedd gen i neb i rannu'r jôc am gyflwr gwallt Dad, wedi'i gribo mor daclus, fel dyn dinas. Ond petai Mam a Dad wedi'u handwyo'n go iawn yn y cwymp ac yn y tân, fyddai dim modd eu tacluso nhw. Dechreuais feddwl am bethau *lwcus*: eu bod nhw wedi cael eu taflu allan o'r car cyn y tân, ac wedi rholio'n ddigon pell i arbed eu hwynebau a'u dwylo o leia. Allwn i ddim gwneud â manylion fel'na ac mi rois stop arna i'n hun yn reit handi. Dyma be dwi'n ei gofio: bod Mam erioed wedi gorfod byw heb Dad. Cofio'r canu hefyd – does 'na ddim byd fel stori fawr i wneud i bobl estyn am eu llyfrau emynau – gogoneddus oedd y canu. A digon o gêcs i ypsetio Mam am yr holl wastraff.

Ond roedd ffocws pethau wedi newid. Fe fyddwn i'n ddeugain mewn llai na blwyddyn ac ro'n i'n teimlo fod rhaid gwneud rhywbeth i brofi 'mod i yma, rhywbeth arwyddocaol ac arbennig i mi. A'r prid oedd yr un peth oedd bia fi a neb arall. Mae dyn yn teimlo'n wan ar ei draed, rywsut, pan fo'i rieni wedi mynd. Ond roedd gen i'r etifeddiaeth 'ma ac roedd rhyw deimlad saff a chysurus o fod yn y Ddyfrdwy. Rhywbeth yn fy ngwthio i, i gadw cwmni â hi. Mae pobl yn dibynnu ar weddill eu teulu mewn cyfnod o brofedigaeth, 'tyden? Dyna oedd y Ddyfrdwy, yn union.

Mi feddyliais i, wyddoch chi, fod mwy i fod yn berchennog rhywbeth o werth na jest balchder. Rhaid bod yn warden. Rhaid cael eich gweld yn ymddwyn fel un. Wedi'r cwbl, roeddwn i wedi cael fy mharatoi ar gyfer y job. Be arall oedd dyddiau fel Gwener Groglith, ond hyfforddiant? A be oeddwn i wedi'i wneud am y peth ond cerdded o gwmpas yn dweud, fi bia hon, a lambastio unrhyw un oedd yn ddigon hy i beidio cytuno.

Roeddwn i am ei deall hi: ei llwybr hi, yn llythrennol, heddiw ac erstalwm. Oeddech chi'n gwybod fod y Brenin John, gelyn yr hen Robin Hood, wedi bod yn ymladd Llywelyn Fawr ar lan 'rafon ar ôl martsio dros y Berwyn o'r Trallwng, ar Ffordd y Saeson? Na, na finnau chwaith, tan i mi gyfarwyddo'n hun â hi fel gwnes i, 'radeg honno. A minnau'n gyfrifol am ofalu amdani hi: rhaid oedd gwybod popeth. Roedd ei hanes i'w gael yn ddigon hawdd mewn llyfrau, siŵr, ond be amdani hi ei hun? Rhaid dechrau hefo'r afon, wastad.

Nofio'r Ddyfrdwy oedd yr ateb. Nid darn ohoni fel unrhyw ddiwrnod di-nod, ond y cwbl, dod i adnabod pob darn, yn drwyadl. Dangos iddi 'mod i yma. O hyd. Petawn i'n gwneud hynny, petawn i wir hefo hi, yr holl ffordd, fe fyddai'n golygu rhywbeth. Dyna oedd rhaid i mi ei wneud, siŵr Dduw. Nofio'r Ddyfrdwy gyfan.

Drwy Lyn Tegid, felly, hefyd. Be ddwedais i am ddŵr y llyn: boddi hyd dragwyddoldeb? Roedd rhai'n mentro, ond eto, nid nofio'r pedair milltir ar ei hyd oedden nhw, ond y ffordd arall, haws, dim ond milltir ar draws a hynny'n cael ei ystyried yn beth digon penwan i'w wneud. Ond, wedyn, allai pobl ddim meiddio gwrthwynebu'r hawliau oedd gen i. Mi fydde fo fel rhyw ddatganiad cyhoeddus – dyna feddyliais i. Mwya'r ffŵl, ond dyna feddyliais i.

Beth oedd Hywel yn ei ddweud yn y fyddin? *'Piss-poor practice makes bad performance.'* Gwir, gwir. A hefo digon o ymarfer a digon o fwyd – ha! Fyddwn i ddim yn meindio hynny. Ac ar ôl dychryn f'enaid wedi i'r llyn rewi fel yna, roedd raid i mi nofio dŵr yr afon, torri'r syniad o rew, gwneud pethau'n iawn eto. Yn bwysicach na dim, yn bwysicach na pheryg yn siŵr.

Y trybini cynta fyddai'r llyn. Ond roedd mwy na hynny: llefydd eraill a fyddai'n siŵr o'm lladd i, neu o leia fy chwydu allan yn edrych yn o wahanol. Felly, er 'mod i'n adnabod yr afon yn eitha da, dechreuais, nid hefo hi, ond hefo map ohoni: ei dilyn hi â'm bys a gwneud yn siŵr fod y syniad hwn yn bosib. Estynnais y Mapiau Ordnans dros frecwast, tri ohonyn nhw er mwyn dilyn yr afon gyfan, a nhwythau'n mwy na gorchuddio'r bwrdd. Mi adawais staen crwn fel wal am Gapel Celyn, a chwythu briwsion tost dros y Waun.

Roedd y daith hon yn mynd i gymryd dyddiau. Wythnos dda. Meddyliwch am y peth: roedd rhyw chwarter milltir yn cymryd llai na chwarter awr i mi, mewn cerrynt go eger, mewn dŵr digon dwfn i nofio'n iawn ynddo, mewn man roeddwn i'n ei adnabod gystal â'r buarth cefn. Dwy filltir – awr. A bod yn rhesymol, tair 'falle, os oeddwn i ar ripyn clir, o feddwl doedd dim rhaid cyfrif mynd i mewn ac allan o'r afon ac addasu, mynd i rythm ac ati. Tair milltir yr awr, felly, a thrigain milltir i'w nofio.

Darllenais bopeth oedd ar gael am bopeth. A phethau peryglus ar y naw oedd llyfrau yn tŷ ni. Os oedd rhaid darllen: gan bwyll. Mynd ati fel petai pob llyfr yn Feibl sydd raid, ac osgoi'r trapiau. Y pethau dwi'n eu ffeindio! Tocynnau bws, rhestrau neges, hen lythyrau, darn o 'bolstri o'r bedwaredd ganrif ar bymtheg fel nod llyfr, siafins o siocled heb doddi. Mae tymheredd llyfr dipyn yn is na gwres llaw, 'tydi? A bachau Coch y Bonddu, Cooke's Bogey, Bongoch,

Diawl Bach, Sali Felen, Cochen Las. Pla o blu pysgota wastad yn cuddio rhwng y tudalennau. Mewn barddoniaeth neu lyfr plant. Doedd dim byd yn saff. Ac mae bachyn mewn bys yn gystal bastard fel briw â thoriad rasel – yr un o'r ddau yn fodlon cilio ar hast. Y sawdl yn y bachyn sy'n ei gwneud hi. Y pysgod druan, ddweda i. Ond does fiw i mi ddechrau hel meddyliau fel yna neu . . . Wel, mi adawa i'r lol llysieuol i genhedlaeth fy wyrion.

Dyma rybudd arall i chi. Mae'n beryg mynd am dro a darllen ar yr un pryd, achos os ydech chi'n darllen yn lle edrych lle rydech chi'n mynd, rydech chi'n debygol o daro ar draws pethau a tholcio'ch talcen. Mi wnes i hynny hen ddigon o weithiau. Mynd ar ôl swper, torts yn un llaw, llyfr yn y llall. Darllen nes oeddwn i'n gythreulig o oer ac angen llaw arall arna i, i sychu 'nhrwyn. Feddyliais i am strapio torts i 'mhen, fel glöwr, a chario hances, ond roedd hynny, efallai, yn mynd â phethau dwtsh yn rhy bell.

Ond y peth oedd, doedd fiw i fi ddweud Dyfrdwy hyn a Dyfrdwy llall yn y tŷ, ydech chi'n gweld. Roedd y plant wedi dechrau dweud 'afon Dad' – yn iawn yn eu lle – ond doedd Nan ddim yn bles.

'Rhaid bod yn ofalus,' meddai hi o hyd. 'Mae plant yn medru bod yn greulon.'

'Does dim isio llenwi eu pennau bach nhw hefo rhyw siarad mawr.'

'Tydw i ddim am iddyn nhw gael syniadau.'

Nid geiriau Nan oedd y rhain. Ymadroddion. Rhyw

bethau roedd hi wedi'u clywed, fel ysgrythur llafar gwlad. Ond, os gwelwch yn dda, sut iaith sy'n creu'r fath draddodiad? Os rhywbeth, ro'n i *isio* i'r ddau gael syniadau. A rhai mawrion hefyd. A sawl tro – sawl tro, ga' i ddweud wrthoch chi – y gwnes i roi fforcen o bys yn ôl i lawr ar fy mhlât a cherdded allan, cyn gwylltio. A llyfr hefo mi, siŵr iawn. Roedd hwnnw yn y ports, rhag ofn, fel arfer.

Ac mae mwy nag un ffordd o gael syniadau mawr i bennau plant, beth bynnag. Does prin angen dweud y gair 'Dyfrdwy'. Y teneua oedd swper, y mwya o sbloets oedd rhaid i stori fod. Rhoi dewis i ddechrau: stori 'Pan o'dd Dad yn fach', neu 'Stori hŷn na Dad'.

Ffefryn: stori Llywarch Hen. Hen, hen ddyn, yn hudolus o hen fel dewin, yn byw ar yr un ochr i afon Hirnant ag oedd Taid, pan oedd Taid yn fach. Ond ar y pryd, afon Llafar oedd ei henw hi, gan fod y dŵr yn dweud straeon. Ac mae hi'n dal i wneud, dim ond i chi wrando. Tameidiau straeon o bob oes. Ond fod yna afon Llafar arall yn mynd i Lyn Tegid heb fod yn bell o Lanuwchllyn, a honno wedi cipio'r enw am ei bod hi'n fwy swnllyd; pobl wedi anghofio fod afon Hirnant yn eitha llafar hefyd.

A ger afon Hirnant, roedd yna balas – palas y tu hwnt i hanes, ac sydd wedi diflannu bellach, ond palas crand – yn yr union fan lle mae Rhiwedog heddiw a'i borthdy hefo'i ddrws anferth derw yn llawn hoelion dur, i dorri bwyell yn chwdrel petai rhywun yn ymosod. Rhiw-*wed*-og, -*waed*-og. Ydech chi'n clywed hynny? A bu brwydr. Gwledda a brwydro hefo bwyeill a gwaywffyn. Mi ffeindion nhw ben gwaywffon ym Mhwll y Celanedd ac un arall yn Erw'r Gladdfa dim ond ychydig flynyddoedd yn ôl; felly mae prawf, mae prawf – gwaywffyn a chleddyfau a bomiau tân. Brwydro nes bod Garth Goch yn fflamau i gyd ac i'w gweld yn gloywi'n goch ac oren o bellter cred.

Triwch chi ddweud, 'taflu bom tân', wrth blant wyth a deg oed, yn y pumdegau. Fe allech chi eu gweld nhw ill dau yn meddwl: bom, cwmwl fel madarchen. A rhaid oedd esbonio. Na. Taflu hefo llaw. Rhyw belen wair ar dân. Dim awyren. Rhaid oedd esbonio sawl gwaith. A'r diwrnod wedyn, gwelais y ddau yn gwneud eu gorau glas i gynnau peli o ddail sych, yn rhedeg o gwmpas hefo'u bwâu a saethau Indiaid Cochion wrth chwarae 'Hywel Dda'. A'r bloeddio! Gan Nan, yn dweud y drefn, 'lly.

'Ydech chi'n cofio Garth Goch?' fyddwn i'n gofyn i'r ddau.

'Ydw, ydw', medden nhwythau. Y man lle buon ni'n slejo, fi, Hywel a Gwên, lle gwelson ni afon eu taid ac afon Llywarch Hen yn llifo y tu ôl i'r coed ac yn dod allan y pen arall, wedi ymuno â'r Ddyfrdwy. Ac o dan y trwch o eira gwyn o dan eu traed ar y Garth ac o dan y trwch o redyn coch o dan hwnnw: gwaed meibion Llywarch Hen yn dal i liwio coch y rhedyn, i wneud yn siŵr na fydd neb yn anghofio, yn union fel ryden ni'n gwisgo pabi er mwyn cofio rhyfel.

Ac fe ddysgais i wers: ar ôl stori fel yna, os ydi

plentyn yn dweud, 'Pam fod isio cofio rhyfel?' waeth i chi heb â dweud, 'Rhag ofn i'r un peth ddigwydd eto,' achos y peth cynta wnân nhw ydi rhestru pob rhyfel maen nhw'n ymwybodol ohono, ers amser hudolus yr hen, hen Lywarch. Ac maen nhw'n boenus ymwybodol o'u presenoldeb nhw hefyd. Felly peidiwch â dweud, 'Rhag ofn i'r un peth ddigwydd eto,' neu celwyddgi fyddwch chi, nid storïwr. Dwedwch, 'Fe ddysgwch chi,' a'i gadael hi'n fan'ne. Wir, gwell fel'na yn y pen draw.

Mi benderfynais i ei bod hi'n gymaint gwell gadael iddyn nhw dyfu'n hŷn cyn mynd ati i ddarllen cerddi'r hen Lywarch a ffeindio mai hen ddyn cwynfanllyd hefo tywydd oer yn ei esgyrn oedd o. A gadael i atgof stori plant fod yn gryfach nag un darlleniad o gerdd.

Ac wrth siarad, roeddwn i'n gweld yn eu llygaid nhw ryw ddoethineb yn cronni wrth iddyn nhw gasglu hanes. Mae tyfu i fyny'n hollol ddibynnol ar dyfu'n ôl, yn ddwfn, gan fagu isafonydd bychain. Pwy fyddai'n meddwl fod stori mor waedlyd yn gymaint mwy derbyniol na stori am drip i weld cyfreithiwr yn Nolgellau? Ond o leia roedd y ddau'n magu synnwyr pwysigrwydd gwybod am darddiad pethau.

Yna byddwn i'n mynd allan ar drywydd heddwch, i wneud fy narllen fy hun. Gweld Bala'n fan'cw'n ysgwyd awyr y nos. Gweld moch daear hefyd weithiau os o'n i'n dawel. A darllenais i am hanesion nofwyr eraill – rhai'r Sianel i ddechrau. Capten Matthew Webb, 1872. Fyntau wrthi'n nofio'r Sianel, felly, tra oedd pobl pen yma'r byd yn dechrau tincran hefo'r bont garreg gynta dros y Ddyfrdwy, yn Llangollen, a'i gwneud yn lletach.

Dyn dŵr oedd Capten Webb ac mae sôn amdano fo'n neidio i mewn i ganol yr Iwerydd ryw dro, ar ôl dyn oedd wedi disgyn dros fwrdd y llong wrth drafeilio o Efrog Newydd i Lerpwl. Mae'r erthyglau papur newydd amdano yn wallgof. Er bod y dyn aeth i mewn i'r dŵr yn y lle cynta wedi marw yno, aeth Webb adre hefo gwobr aur Stanhope gan y Royal Humane Society, yn glamp o arwr. A gwell fyth – fo oedd yr ysbryd yn y 'Shropshire Lad' glywais i bedair blynedd ar bymtheg ynghynt. Fo oedd ysbryd nofio Betjeman. Fo – drwy'r amser! A dyna i chi sut mae stori'n medru dod yn ôl a'ch taro chi, 'mond fod arwyddocâd y peth yn dod yn gliriach ac yn gliriach bob tro mae rhywun yn trochi ei fys yn ôl i mewn i ffrwd yr afon.

Afon laddodd Webb. Llwyddodd i groesi'r Sianel ar ei ail gynnig. Neidio o'r Admiralty Pier yn Dover wedi'i orchuddio mewn olew, slefren fôr yn ei losgi o, cerrynt ar arfordir Ffrainc yn ei gadw'n ôl am hydoedd, ond llwyddo ar ôl bron i ddwy awr ar hugain a cherdded o'r môr ac ar draeth yn Calais heb air o Ffrangeg ac yn llwgu. Ond mae'n rhaid mai yn y fan honno y dysgodd o dyfu'i fwstásh yn ffansi fel yn y lluniau.

A'r afon a fu'n ormod iddo? Afon Niagara yn 1883. Y darn ar ôl rhaeadr enwog Niagara, wrth reswm. Mi dechreuodd nofio o gwch ger pont grog Niagara, ac roedd hynny'n ddigon o gamp ynddo'i hun. Gormod o gamp, fel roedd hi'n digwydd bod. Oedd o'n gofyn am gael ei ladd, meddech chi? Oedd, meddai rhai, fel petai cyfiawnder yn y stori – gadael i'r pencampwr nofio gael ei drechu gan afon yn y diwedd. Ond does dim pyllau tro cyflym o'r un calibr yn y Ddyfrdwy, nag oes?

Codi wnes i, un bore ym mis Gorffennaf a phenderfynu mynd. Ro'n i i fod i grwydro'r topiau yn chwilio am gynrhon ar y defaid roedd pry wedi chwythu arnyn nhw. Ddwedais i ddim gair. Wel, roedd y plant yn ddigon hen i fod isio dod hefo fi. Fe fyddai Nan wedi gofyn, a phledio arna i i beidio â thynnu mwy o drafferth i 'mhen, finnau wedi mynd beth bynnag. Tawel iawn fyddai pethau wedi bod dros swper wedyn. Os ydech chi'n sôn am y busnes cariad yma, ai dyna ydi o? Deall rhywun cystal nes eich bod chi'n medru achub y blaen arnyn nhw, a medru cynllunio sgwrs, a'i hosgoi?

Er mwyn teithio hefo'r Ddyfrdwy, rhaid mynd yn ei herbyn hi'n gynta, a doedd gen i'm diddordeb i'w gweld hi nes oeddwn i yn Llanuwchllyn. Ei chyfarfod hi pan oeddwn i'n barod. Ond mi ges i un cip ar Bont Mwnwgl y Llyn lle mae'r llyn i'r chwith a'r afon i'r dde. Meddyliais am chwinciad, wrth groesi'r bont, am T.S. Eliot a'i afon yn Dduw brown. Wel, na, duwies oedd ganddo fo, yn'de? *Duwies* frown, wir i chi. Roedd hi'n dew'r diwrnod hwnnw. Wedi cael noson anesmwyth ac yn dal i droi a throsi. Rêl peth i chwydu merched marw a physgod hynafol o'i chrombil, er mwyn dychryn.

Wel, mi ges i ddau gip. Mae trio peidio ag edrych ar ddŵr yn anodd. Ac wrth ddreifio heibio ochr y llyn, roedd golau'r dŵr yn chwarae mig tu ôl i'r coed. Yn f'erlyn i, bron, y gwacter llydan fflat yna. Meddyliwch am eich ffilmiau Western – os ydi'r boi ar y ceffyl yn gwybod fod rhywbeth y tu ôl iddo, 'toes raid iddo fo droi'i ben ac edrych. Ac mi wnes i.

Y ffasiwn hast oedd arna i. A rhywbeth tebyg i ddireidi hefyd. Wrth fy modd yn mynd; o'r diwedd, yn mynd. Be gadwodd fi o'no gyhyd a minnau mor agos? A'r munud y gwelais i'r Ddyfrdwy yno, roedd fel petai'n anferth o syrpréis. Mor fach. Wyddoch chi – fel gweld llun o rywun yn blentyn a dweud, 'Na, nid ti ydi o!' Fel yna.

A fedra i ddim cofio pryd welais i'r ffarmwr ... roedd 'na ffarmwr, rywle ar y ffordd i fyny. Ro'n i ar hast. 'Be dech chi'n neud ffor' hyn?' meddai o wrtha i. 'Mynd ar drywydd y Ddyfrdwy,' meddwn innau, ac 'I be, d'wed?' meddai o, ond atebais i ddim.

'Edrych ar yr ieir rhyw dipyn,' oedd o'n ei wneud, meddai o. 'Amser yn gwylio ieir byth yn wast, nac 'di?' Ac mi hoffes i o'n syth bìn. Mi roddodd o frechdan wy i mi am 'mod i wedi bod yn ddigon gwirion i gychwyn allan o'r tŷ hefo dim byd ond Kendal Mint Cake. A doedd ganddo fo ddim llawer i'w ddweud am hwnnw, heblaw, 'Sothach.'

Hen oedd popeth i fyny 'na. Olion olwynion trol ar graig hen ffordd ac anheddau o'r Oes Efydd; y ddaear mewn tysau gwair hir, marw. A fan'no'r oeddwn i, yn trio mynd yn gynt na 'ngham, yn baglu a ballu. Cerdded yn gam gan chwifio fel ffŵl am y gwybed mân. Doedd dim dianc rhag y diawled. Ac roedd y coniffers yno'n barod. Yn ifinc, bryd hynny, yn newydd, ac yn denau. Ond allech chi ddim peidio â meddwl – ar wahân i mi a'r Ddyfrdwy'n loyw i gyd – fod unrhyw arwydd o fywyd yn fywyd marw. Ond o leia, braf ydi gallt Duallt, yn codi o waun a chors y munud y teimlwch chi nad oedd yna ddim byd o werth i'w weld yno. Nid mawreddog ond braf. Ac yn hollti'r awyr lwyd, y diwrnod hwnnw.

Lled llaw oedd y Ddyfrdwy, ar y mwya, erbyn cyrraedd Duallt. Tafodyn, weithiau prin yn gyrgl fach. A minnau'n ei cholli hi o hyd. Dim ond pwll llonydd oedd hi weithiau, yn llawn brithyll maint crethyll. Yno, weithiau. Dro arall ddim, nes nad oedd dim byd i'w dilyn. Dim ond rhyw bwtyn o furddun neu allor yn gen cerrig aur i gyd ac yn nodi'n flêr ble roedd y dŵr yn cychwyn.

Yfais o fan'no. Pa'r un, Dwy Fawr neu Fach – doedd dim dweud. A dim ond wedyn, o edrych i lawr, yr oedd hi'n fawreddog. Gwybod 'mod i'n ei gweld hi ar ei phura, heb ei haltro ac fel dylai hi fod. Glywsoch chi gerdd fach John Ceiriog erioed? Peth fach naïf ydi, ond annwyl. Triwch hon:

> Nant y Mynydd, groyw loyw,
>   Yn ymdroelli tua'r pant,
> Rhwng y brwyn yn sisial ganu;
>   O na bawn i fel y nant!

A'i gweld hi'n agored i niwed wnes i.

Mae'n ystwytho'r ymennydd, profiad fel sefyll ar y topiau, yn clywed ei sŵn hi, hyd yn oed os nad oeddech chi'n ei gweld hi, o hyd. Sylwi ar rywbeth gweladwy sy'n eich arwain chi i weld rhywbeth nad oeddech chi'n medru ei weld o'r blaen, sy'n gwneud i chi wedyn weld rhywbeth oedd ddim hyd yn oed yn weladwy ar y dechrau.

Roedd aderyn to yn trochi'i draed yn y pwll cynta. Yn brysur iawn yn gwneud hynny, ac wedyn yn cerdded allan yn syth i mewn i fwd gludiog ar y naw. Yn dwrdio drwy stampio'i draed a lledaenu ei adenydd; golchi'i draed eto. Ac roedd o'n mynd rownd a rownd fel tôn gron fel'na, mor benderfynol.

Mi fues i'n trampio wedyn, am oriau, yn chwilio am y 'Ddwy' arall. Ond heb lwc. F'ytais i'r frechdan, ac edrych hyd y tir yn chwilio am ail fforch. Ond o leia roeddwn i wedi ffeindio un tarddiad.

Ar y ffordd i lawr roedd dyn y frechdan wy yn dal yno. 'Braf,' meddai o, fel gorchymyn. 'Braf,' meddwn innau 'nôl yr un mor gadarnhaol. Ac mae sgyrsiau siort fel yna'n llawer mwy cofiadwy na llond prynhawn o barablu, 'tyden? Rhywbeth am dawelwch y dyn.

Felly, es i alw heibio'r ieir, fel rhyw ddiolch i'r dyn caredig a'i frechdan wy. Roedd y boi yn iawn yn ei le, hefyd. Hedd Wyn oedd enw'r ceiliog oedd gen i bryd hynny, a phob un ceiliog o ran hynny. Un clên oedd hwnnw. Ddim yn canu nes oedd o'n saff fod pawb wedi codi. A fan'no bydde fo'n canu nerth ei ben am hanner awr wedi pedwar y pnawn.

Rydw i wastad wedi cadw ieir. Mae'n gwneud sens, cyn belled â bod yr ieir yn cael eu rhoi mewn stiw cyn gynted ag y maen nhw wedi stopio dodwy. Ac mae rhywbeth gwyrthiol, fel anrheg gan dylwyth teg, am gasglu wy cynnes yn ystod y dydd. A rhywbeth am ddweud, 'Diolch,' yn uchel wrth yr iâr, gan wybod y byddai pobl yn meddwl 'mod i'n honco. Mae'n rhoi seibiant bach oddi wrth beth bynnag ydech chi'n ei wneud: torri coed, adeiladu ffens – beth bynnag. Maen nhw'n dweud ei bod hi'n bwysig i bobl sy'n gweithio mewn swyddfeydd drwy'r dydd hefyd – i gael seibiant bob rhyw awr neu ddwy, dim ond am sbel fach, i fynd â sylw rhywun, rhoi golwg ffres ar bethau, gwneud i'r corff symud. Hyd yn oed os 'di o 'mond yn seibiant smocio. Ddylai cwmnïau mawr gael cwt ieir yn lle buarth smocio. Llawn gwell.

Ac wedyn, ambell dro, 'chi'n cael syrpréis.

Wy meddal, weithiau. Wy fel bylb golau. Mi ges i un y diwrnod hwnnw, ar ôl mynd 'nôl adre. Y plisgyn sydd heb ddatblygu. Peth anhygoel o dlws. Fel ysbryd wy a'r melynwy'n lamp tu mewn iddo ac yn eistedd yng nghanol baw o dan y glwyd. Bywyd yn gloywi atoch chi. Ac o afael ynddo fo, fel sach siâp wy, ond yn hydrin a chynnes. Mwy fel wy pysgodyn mawr nag wy daear, fel petai rhywbeth dychrynllyd wedi digwydd y prynhawn hwnnw i ddrysu'r ddau fyd. Wyddoch chi, fel y tylwyth teg sy'n gadael un o'u tylwyth ar y lan, i fyw ymysg pobl a chware triciau. Fel stori'r dylwythen i fyny ffordd Rhyd-ddu fu'n denu ffarmwr, fyntau'n disgyn dros ben llestri mewn cariad hefo'r ferch. Dim ond ei adael o wnaeth hi'n y diwedd, y truan, ar ôl i ddarn o haearn ar wisg y ceffyl ei chyffwrdd hi ar ddamwain. Fo sy'n edrych yn dwp ar ddiwedd y stori, yn methu priodi neb arall am ei fod o'n briod â 'dim byd' rywsut ac yn dal i'w chyfarfod hi ar lan Llyn y Dywarchen, fyntau ar y lan a hithau ar yr ynys. Ond dyna ffolineb cariad i chi. Ac am hynny bydda i'n meddwl pan wela i wy heb blisgyn fel yna. Nad oes y ffasiwn beth â thir caled, a bod byd y dŵr a thylwyth teg yn ymweld â ni, weithiau.

Mae pobl yn dweud fod wy fel'na'n golygu fod iâr wedi cael sioc. Un ai hynny neu fod angen mwy o raean yn ei deiet hi. Ond y wyrth sy'n effeithio ar rywun, nid yr esboniad biolegol.

Pedwar wy gan bedair iâr oedd hi fel arfer. Tri y diwrnod hwnnw felly. A Hywel yn flin 'mod i wedi nôl yr wyau cyn iddo fo gael cyfle. Licio'u ffeindio nhw'n syth bìn oedd o, er mwyn cario'r wyau cynnes i'r tŷ, hefo ambell bluen yn cydio ynddyn nhw. Ond fi ddaeth â'r wyau i mewn y diwrnod hwnnw, ac eistedd yn dawel bach ar sil ffenest y gegin ac edrych allan. Olwen – Light Sussex, un oedd yn dipyn o fadam – yn neidio-hedfan i fyny ac i lawr, deunaw modfedd o leia, i bigo ar eirinen oedd yn hongian yn isel o'r goeden. Pigo a phigo nes bod y ffrwyth wedi disgyn i'r llawr a hithau'n medru bwyta'r cyfan. Mae llawer i'w ddysgu gan iâr fel'na.

Gwyliais, nes i rywun fod yn yr ystafell, yn gofyn,

'Be wyt ti'n 'neud yn eistedd yn 'twyllwch ar dy ben dy hun?' a rhoi'r golau 'mlaen. Nan oedd yno ond ddwedais i ddim byd. Gwell hynny, os ydi golau'r lamp hefyd yn dod â gwên 'i'ch gwraig, a hithau ddim ond yn tynnu coes. Mae hi'n deall yn iawn pam fod rhywun yn eistedd yn 'twyllwch ar 'i ben i hun, weithiau. Dim ond perfformio peidio deall oedd hi.

Ddwedais i fod ganddi ochr ddireidus ar y naw, d'wed? Rydw i'n anghofio dweud y pethau hyn. Un di-lun ydw i. Ond dyna oedd hi: direidi. Digon i'm lladd, ambell dro. Pethau fel'na rydech chi'n eu hanghofio pan mae rhywun yn gosod atgofion eraill, mwy grymus, i'w tagu nhw.

'Sut aeth gwaith?' meddai hi.

'Rapsgaliwns.'

'Y defaid?'

'Ie.'

'Y diawled. Cig oen i swper?'

''Na ni.'

Peth fel yna oedd sgwrs flinedig. Nid heb deimlad, jest heb egni.

O'r diwrnod hwnnw, roedd gen i gynllun: roedd angen i mi ddechrau ymarfer ar gyfer nofio'r afon. Ac wedyn, mynd ar ôl rhywun oedd â chwch. Edrychais ar Nan, Nan heb syniad am yr hyn roeddwn i'n ei gynllunio. Nan oedd yn mynd i anghytuno ond dweud dim. Edrychais arni fel petawn i'n tynnu llun. Pwysig ydi hynny, ambell dro. Ac felly rydw i'n ei chofio hi i'r dim hyd heddiw, fel roedd hi'r noson honno, ac osgo gam ganddi. Roedd hi wrthi'n tynnu'i bysedd drwy ei gwallt, ei osod o'r neilltu er mwyn cael llonydd i dywallt dŵr poeth o'r sosban datws, a phob tro roedd hi'n ei setlo, roedd o'n glynu yn ei bysedd gwlyb hi, ac yn disgyn o'i le. Daliodd ati i wneud hynny hefo'r un 'styfnigrwydd â'r aderyn to welais i'n golchi ei draed.

Wedi llwyr ymlâdd oeddwn i. Yr arferol oedd swper, siŵr i chi: cig o ryw fath neu bysgodyn, gan ddibynnu be oedd ar gael; tatws, llysiau, crymbl, stori, a gwely yn well dyn o fod â chynllun.

. . . .

Mater o ddyddiau ar ôl i mi gerdded i lawr o darddiad y Ddyfrdwy, deffrodd pawb ryw ychydig, sefyll yn stond a dweud, 'Ara deg, rŵan, sut fath o lywodraeth sy'n trefnu'r fath anhrefn?' Daeth y gair: boddi. Boddi, fyddai hanes Capel Celyn. Roedd pawb oedd â llais i'w stopio nhw eisoes wedi dweud, 'Na.' Ond eto, boddi oedd y cynllun. Ac anfon y dŵr oedd wedi bod yn cronni'n fan'no, i lawr y Ddyfrdwy, i Lerpwl. Awst y cynta, 1957. Oedd, roedd rhywbeth ar dro. Ac roedd rhaid i mi nofio'r Ddyfrdwy gyfan, tra oedd hi fel roeddwn i'n ei hadnabod hi. Cyn i bethau newid gormod.

Tri deg naw oed oeddwn i pan ddechreuais i ymarfer, ar ôl dod o hyd i'r tarddiad. Yna ro'n i'n ddeugain, ac yn cario corff gwahanol: un pwrpasol.

Cofiwch, nofio'n noeth oedden nhw'n ei wneud yn Hen Rufain pan oedden nhw'n nofio afon Tiber a'i dŵr gwyllt. Poen oedd dillad. Roeddwn i'n nofio mewn trôns nofio arferol.

Dros ddeng mlynedd ar hugain er i mi nofio yn y môr hefo Richard; ugain mlynedd er i mi ddod yn berchen ar yr afon, a rhyw flwyddyn wedi i mi gael y syniad yn fy mhen, y gallwn i, ac y dylwn i nofio'r Ddyfrdwy ar ei hyd. Ro'n i wedi bod yn ymarfer fel ffŵl. Pethau pwysig (piwsig, yn ôl Gwên): tridiau o ymarfer; diwrnod i ffwrdd. Gwneud pethau gwahanol, nid jest nofio ond beicio a rhedeg, adeiladu ar hynny nes gwneud mymryn yn fwy bob tro. Bwyta fel brenin. Nan yn meddwl fod llyngyr arna i, a phledren wan. Finnau'n trio cropian o'r gwely, i lawr y staer yr holl ffordd i'r bathrwm a dod yn ôl wedyn gyda thraed oer oedd yn ei dychryn hi yn ei chwsg. Fe fyddai hynny'n digwydd hanner dwsin o weithiau mewn noson gan 'mod i'n yfed cymaint o ddŵr. Gwneud giamocs i gryfhau'r cyhyrau, nofio'n gryf ac yna'n araf bob yn ail er mwyn gwneud yn siŵr fod yr ysgyfaint yma'n un ystwyth. Hefyd, roeddwn i'n ysgrifennu nodiadau, yn dysgu am dechnegau nofio ac anadlu ac yn nofio fel roeddwn i erstalwm, yn hamddenol, yn nŵr Dôl Tudur i leddfu 'meddwl i.

Rydw i'n un sy'n teimlo pethau i'r byw, w'chi – ac mae nofio'n gwneud synnwyr o bethau eto. Cyffur. Ro'n i'n boen pen ar y dyddiau gorffwys: a'r dyddiau ar dir cadarn yn hir.

'Wyt ti'n iawn? Wyt ti'n sâl?' oedd hi wedyn. Roedd rhywbeth ar droed, 'doedd?

Erbyn mis Mai roedd fy nghorff i'n hafal gryf a blinedig fin nos. Rydw i'n cofio gwylio Nan a Gwên, wedi llusgo cadair i ganol llawr y gegin. Cadair hollol anymarferol, ond honno oedden ni'n ei defnyddio i'r math yma o beth. Ydech chi'n gwybod y math o sêt? Un i ddau neu ddwy, sêt gusanu siâp S ddel, a'r ddau berson yn gorfod eistedd yn nwy bedol yr S. Rhywbeth oedd yn y tŷ am ei bod hi'n arwyddocaol yn hytrach nag am ei bod hi'n ddefnyddiol. Nan a fi oedd wedi achub hon rhag bywyd fel nyth dodwy ieir, ac wedi rhoi sêt werdd, *British Racing Green* newydd iddi. Od o beth neu beidio, roedd hon yn bwysig ac yn haeddu ei lle. A dyna lle roedd y ddwy, mewn dillad bob dydd mewn cadair i ddwy ledi, yn rhisglo pys. Nan yn rhoi'r pys mewn tun llaeth peint ac yn symud yn sbriws hefo bysedd cyflymach na phenhwyaid. Yn gweddu i'w henw i'r dim: gosgeiddig, oedd. A Gwên, wel, biti drosti. Roedd hi wedi cael syniad i'w phen mai gogr fyddai'r bowlen orau i ddal pys – pys, o bob dim.

Rŵan, roedd agor y bali rhisgl yn ddigon anodd i fysedd stwmp merch saith oed. A'i thafod hi'n sticio allan, gyda'r holl ganolbwyntio.

'Mae'n haws hefo dy dafod allan,' meddwn i wrthi. Ac allan ymhellach ddaeth y tafod yna – a hithau'n coelio'i thad, bob gair. O'r pys roedd hi'n eu casglu, roedd rhyw ddwy neu dair yn aros yn yr ogr, a'r pys bychain, ifinc yn disgyn drwy'r tyllau. Traffig difrifol o bys, cofiwch. Hithau na'i Mam ddim callach, yn wynebu'r ffordd anghywir. Y ddwy yn eistedd yno, hym-di-dym yn canolbwyntio ar yr hyn roedden nhw'n ei wneud yn hytrach nag ar swper.

'O, George!' oedd hi wedyn. 'O, George,' am wylio a gwneud dim, a'r tri ohonon ni'n cropian ar hyd y llawr yn pigo pys, fesul un.

Dyna i chi sut beth oedd ymarfer. Fel rhisglo pys i ogr.

y drydedd ran

Codais yn gynnar un bore o Awst 1958, flwyddyn ar ôl dechrau ymarfer, gan gychwyn lle dylwn i, lle roedd yr afon yn ddigon o beth i drochi mwy na bawd fy nhroed ynddi. Es i ati i nofio'r Ddyfrdwy gyfan, gan gychwyn yn y llyn. Taith epig, ond wythnos yn unig o 'mywyd i. Hynny fel petawn i wedi cael fy ordeinio i ddilyn trywydd, i gyflawni tasg. Dioddef hefo hi, pa beth bynnag yfflon oedd yn cael ei daflu ati, i ddarganfod rhyw darddiad mwy na'r un llythrennol ffeindiais i'r diwrnod hwnnw yn nhopiau Dulas. Wythnos o ddechrau pob diwrnod drwy wasgaru haig o bysgod mân hefo 'modiau.

Gadewais Nan yn gwlwm ar un ochr i'r gwely ac yn fodlon iawn dwyn y cwrlid y munud y gollyngais i o. Allan â fi. Roeddwn i wedi trefnu i gyfarfod bachgen oedd yn astudio yng Ngholeg Diwinyddol Bala-Bangor ar ôl clywed cwynion ei fod o'n fwy o ddyn canŵ na dyn capel. 'Fyntau – Ifor Wynne oedd ei enw fo – oedd yn mynd i wneud yn siŵr nad o'n i'n treulio gweddill f'oes yn gwledda hefo Tegid Foel ar waelod y llyn. Golwg ddibynadwy oedd ar y bachgen hefyd, gwallt taclus a ballu, hyd yn oed pan oedd o yn ei gwch ar ganol y llyn a'r gwynt yn tynnu ei wyneb bob sut.

Roedd o, Ifor, yn rhentu ystafell gan ddynes yn Heol y Domen: tŷ twt â blodau wedi'u cerfio i mewn i'r blwch llythyrau. Roedd o wedi rhoi'r cyfeiriad i mi ond wedi dweud, yn hollol glir, na ddylwn i ddim cnocio'r drws ar unrhyw gyfrif. Ac roedd o'n hwyr. Roedd hyn cyn oes y ffôn symudol, cofiwch chi. Doedd dim modd anfon neges yn dweud, 'Symud dy ben-ôl.'

Cerddodd allan, ddeg munud yn hwyr, bag ym mhob llaw a thost rhwng ei ddannedd.

'Heb ailfeddwl?' meddai o, drwy'r briwsion.

Ailfeddwl!

'Dwyt *ti* heb ailfeddwl?' meddwn i.

'Fi? Na,' meddai o. 'Fedran nhw ddim fy nhaflu i allan o'r coleg am helpu pobl leol i nofio o un pen y llyn i'r llall, w'chi. Does neb wedi meddwl gwneud rheol yn erbyn hynny.'

'Eto . . .' meddwn i. Ac fe'i holais o'n dwll. Gwneud yn siŵr nad oedd neb yn gwybod ac na fydde fo *ddim* yn cael helynt.

'Dwi'm yn meindio dipyn bach o drwbwl,' meddai o. 'Mi fydd 'na duchan, dwi'n siŵr! A llyg'id mawr.' Ac mi winciodd.

Ond yr unig beth roeddwn i wir isio ei wybod oedd ei fod wedi gadael ei gar wrth Bont Mwnwgl y Llyn, mewn lle saff, yn barod amdanon ni.

'Do, do,' meddai o a chwifio'i oriad.

Llonydd oedd y llyn y bore hwnnw, a niwl fel gwallt mân yn dew hyd-ddo. Prin y gallech chi weld wyneb y dŵr. Deunydd ffilm am fwystfilod – chi'n gwybod?

Roeddwn i wedi bod ar sgowt yn barod – wedi ffeindio man cychwyn mor agos i'r afon â phosib, ac Ifor wedi cael ei siarsio i gadw tua phum llath y tu ôl i mi yn y canŵ, os nad oedd pethau'n mynd yn ffradach. Doeddwn i ddim isio'i weld o tra oeddwn i'n nofio, os nad oedd wir raid.

Yr unig beth oedd gan Ifor i mi yn gynhaliaeth oedd te a Mint Cake. Ro'n i wedi cael chwe wy wedi'u sgramblo ar dost, ychydig oriau ynghynt, ac wedi golchi a chadw'r llestri fel na fyddai neb yn amau dim byd anarferol. Allwch chi ddim bwyta talp o fwyd a mynd yn syth i nofio, w'chi. Os nad ydech chi'n ffŵl. Byddai hynny'n enwedig o bwysig mewn lle fel Llyn Tegid, lle mae rhywun yn teimlo fel 'tase fo'n nofio mewn welingtons fel y mae hi. Yn y cwch hefyd roedd fy nillad i, siwmper ychwanegol a siaced achub. Doeddwn i ddim yn fodlon i'r diwrnod cynta o nofio fy lladd i. Canllath ola'r afon, efallai, ond nid y llyn, er mai hwnnw oedd y broblem fwya.

Cerrig crynion sydd ar wely'r llyn wrth i chi gerdded i mewn a phrin ddim mwd. Ac mae dŵr llyn yn wahanol i ddŵr y Ddyfrdwy. Mae hi'n feddal, ac yn sidanaidd, tra bo'r llyn yn llac amdanoch chi. Ond dyna i chi ddechrau: saith o'r gloch y bore, ac unwaith rydech chi'n rhydd o olwg y lan, a'ch llygaid yn lefel hefo dŵr mawr, llonydd fel yna, be welwch chi ydi 360 gradd o fynyddoedd ac awyr, yr adlewyrchiad yn gwneud llun crwn. Roedd o'n union fel petai'r byd cyfan yn hongian o flaen fy mysedd. Ac yn y pen draw, roedd y Bala, mor bell, yn ddim ond un llinell lechen denau o dan awyr enfawr.

Ond wyddoch chi be: ro'n i wastad wedi meddwl

fod yr haul i'w weld yn codi ac yn machlud hyd yn oed mewn dŵr. Ond nac ydi. Ar ôl tua . . . milltir, mae'n rhaid, mi ges ofn. Mae'r dŵr yn ddu yn Llyn Tegid. Du wedi anwybyddu'r wawr. Nid mwdlyd, nid du fel nofio'r nos yn llawn arian byw ac adlewyrchiadau sêr a lleuad, ond du yn wyneb awyr wen, du di-ben-draw, difaddeuant, du.

Dyna pryd y galwais i Ifor at f'ochr a mynnu ei bod hi'n hen bryd cael tamaid. Gwir ofn ydech chi'n galw rhywbeth fel'na. Does gen i'm cywilydd cyfaddef. Ddaeth Ifor ddim ac mi waeddais i'n uwch ond ddaeth o ddim wedyn chwaith. Doedd Ifor ddim yno. A fan'no ro'n i, ymhell o hanner ffordd, yn gofyn i mi fy hun, pryd, pryd oedd hi pan glywais i'r rhwyfau ddwetha? Ers meitin. A doedd hynny ddim wedi 'mhoeni fi, ar y pryd.

Dŵr oedd yn fy nghlustiau i, welwch chi; mor llawn dop o ddŵr fel nad oeddwn i'n clywed dim byd ond clychau wrth i mi daro 'mreichiau drwy'r dŵr. Ond nawr, doedd Ifor ddim yno. Wedi cael ei ddwyn oedd o, roeddwn i'n siŵr ulw. Gwrando'n astud rŵan – a doedd o ddim yno, rydw i'n dweud wrthoch chi. 'Ifor!' oeddwn i yn ei weiddi, wrth anadlu allan ac wrth wthio pob strôc. Dim yw dim yw dim. A phetawn i heb droi, petawn i heb stopio nofio, wel . . . ond dyna'r unig beth allwn i feddwl ei wneud. Mae du yn beth blinedig ar lygaid, ac ro'n i wedi arfer medru gweld: gweld rhywbeth. Felly, ar fy nghefn fel dyfrgi â fi, i gael gweld glesni'r awyr yn lle. Anadlu'n ddwfn a gadael i 'nghefn i gael ymestyn y ffordd arall am sbel, a dyna pryd y daeth llais Ifor, 'O! Be sydd?' o'r cymylau.

Rŵan, allwn i fod wedi tagu'r boi a gweiddi, 'Lle wyt ti? Mi ro' i, "Be Sydd?" i ti! Be sydd? Nid gofyn i ti ddod ar drip ysgol Sul wnes i! Wyt ti'n fyddar, uffern?' Ond doedd genna i'm rhyw lawer o 'fynedd i ddadlau na rhesymu erbyn hynny. Siŵr Dduw, 'tydi pobl ddim yn diflannu o ganol llyn. Gwirion oeddwn i. Y gwynt oedd wedi chwythu fy llais i Lanycil neu i Stadros, neu'n rhy bell oddi wrth Ifor yn eistedd yn ei gwch. 'Seibiant,' meddwn i, ac mi ymddangosodd yn dal ac yn dywyll ac yn araf o'r tu ôl i 'nhraed, ei rwyfau i lawr a'i ddwylo allan.

Wel, ddylech chi fod wedi'i weld o'n trio 'nghael i allan o'r dŵr ar gyfer y blydi seibiant! Ac allwn i'm helpu dim ar y bachgen. Fy nghorff i wedi rhoi'r gorau iddi, braidd, neu a bod yn onest, fy nghorff i fel petai o'n methu gwneud dim symudiad 'blaw nofio erbyn hynny. Ac Ifor yn gweiddi, 'Triwch fy helpu i!' a finnau'n ddim mwy o iws nag ydi pysgodyn wrth iddo gael ei lusgo o ddŵr.

'Pen-ôl trwm sydd gen i, w'sti,' meddwn i wrth Ifor wrth iddo duchan a thaflu blanced i mi. Un dda oedd honno hefyd – wedi'i lapio mewn potel dŵr poeth i aros amdana i. Gymaint gwell nag unrhyw wely. A fan'no roeddwn i, yn fud, hefo Ifor yn edrych arna i fel petai rhyw wirionedd mawr ar fin disgyn o 'ngheg i. Sugno ar Mint Cake ffwl pelt. Dŵr llyn yn diferu o 'nghlustiau i; minnau'n chwilio am gân adar a dim i'w glywed. A'r siwgr yn hitio'r tu mewn i mi fel petai fy nghorff cyfan yn geudod cyn hynny.

Ond doedd dim diben sefyllian chwaith, er mor fodlon oeddwn i yn y cwch. O leia roeddwn i wedi gweld y du o'r tu allan, wedi'i adnabod o am yr hyn oedd o, ei alw fo'n beth oedd o: hyll. Roedd hi'n gymaint haws mynd yn fy mlaen wedyn. Edrychais i byth ar y llyn yn yr un ffordd ar ôl hynny. Y dyddiau yna pan mae o'n edrych fel arian tawdd o'r lan? Twyll. Du ydi o. Du.

Roedd rhaid dweud, 'Dim stelcian!' wrth yr Ifor 'na, byth a hefyd. Digon bodlon oedd o hefo tawelwch: dau ddyn mewn cwch llonydd, ar lyn llonydd. Ymateb oedd o, nid cynnal sgwrs. Bob tro roedd gen i rywbeth i'w ddweud, ateb, 'Be?' cegagored fel dyn wedi gwirioni. Ond annwyl oedd o hefyd, yn pasio'r botel dŵr poeth lugoer i mi hefo'r fath frwdfrydedd, bob seibiant wedi hynny.

Pum awr gymerodd hi i mi; pedair 'falle, os tynnwch chi'r cyfnodau seibiant. Does dim rhyfedd fod y Ddyfrdwy'n gwrthod cymysgu ei dŵr â dŵr y llyn, ddweda i.

Ar ôl cyrraedd y car, eisteddodd Ifor wrth y llyw ac ymddiheuro ddwsin o weithiau, os gwnaeth o unwaith, am beidio â chlywed. Ac mi ddwedais i wrtho fo fod rhywun sy'n ymddiheuro fwy nag unwaith am yr un peth yn ddiflas, yn enwedig pregethwr. Ac ar ôl nôl fy nghar i o Lanuwchllyn a bwyta anferth o blatiad o facwn ac wy a'r wyrcs yn y dre, aeth o – Ifor – ar ei ffordd i'r coleg. Embaras hefyd. Migyrnau wedi cyffio fel bod gafael mewn cyllell a fforcen yn bantomeim, ac Ifor wedi gorfod torri'r bwyd caleta i mi: y bacwn ond nid yr wy. Welais i mo Ifor wedyn. Yr hyn oedd o awydd ei wneud hefo'i fywyd, medde fo, oedd mynd â phlant allan i rwyfo – plant dinas – am fod Duw i'w gael yn yr awyr iach gystal ag o'r pulpud. Ac roedd o am briodi merch oedd yn aros amdano, er bod ei thad yn Babydd rhonc. Ond does gen i ddim syniad sut aeth pethau i Ifor Wynne.

Nid yn y llyn, ond ar y tir, wedyn, roedd yr oerfel. Fe sylwodd Nan. Roeddwn i bron yn rhy oer i afael ynof fi, meddai hi, ac anfonodd fi i yfed peint o Guinness yn y Bryntirion. Ond yn gynta roedd yn rhaid esbonio.

'Rydw i am nofio'r Ddyfrdwy hyd-ddi, gan ddechrau fory,' meddwn i'n blwmp ac yn blaen, jest fel'na. 'Mi wnes i'r llyn heddiw, ond o fory 'mlaen mi fydd arna i angen dy help di.'

Dyma oedd yn rhaid ei wneud hefo Nan: peidio â rhoi cyfle iddi bendroni. Ei ddweud o fel yna, a pheidio â rhoi'r cyfle iddi feddwl am wythnosau a ydi o'n syniad da ai peidio.

'Guinness gynta,' meddai. Erbyn i mi ddod adre roedd ganddi swper a chwestiynau.

Ond roedd popeth wedi'i gynllunio, on'd oedd. Bwyd, car, petrol, geriach.

'A'r plant?'

Fy chwaer. Wedi trefnu'n barod. Un dawel ydi Marged; digon hawdd bancio na fyddai hi wedi dweud gair wrth Nan cyn hynny. Mi fydda i'n ffeindio mai pobl fel'ny ydi pobl sy'n methu cwcio: dibynadwy mewn ffyrdd eraill. Roedd hi eisoes ar ei ffordd. Erbyn i'r plant godi yn y bore, mi fydden ni'n dau wedi mynd am wythnos dda, ac Anti Marged yma hefo'i gêmau a'i chacenni gwael. I be mae Anti'n da, dwedwch, heblaw i gyfareddu plant hefo pethau drwg?

Beth arall allai Nan ei ddweud ond, 'Wel, mae'n well i ni gael noson gynnar.' I gysgu – felly.

Cyn mynd i 'ngwely, es i i'r cwpwrdd i weld pa gacen oedd i'w chael: cacen gyrens Nan. Paciais honno ym mŵt y Ford, hwnnw oedd gynnon ni cyn i Hywel ei chwalu fo'n ddeunaw oed.

• •

Nan oedd fy Ifor i, o'r diwrnod hwnnw, ond ei bod hi'n siarad llai. Gollyngodd fi ar gyrion y Bala i gychwyn, fy ngwylio i'n mynd ond heb loetran gormod, a chyfarfod â mi yn y llefydd wedi'u marcio ar y map am hyn-a-hyn o'r gloch, beth bynnag roedden ni wedi'i benderfynu. A dyna sut aeth hi am wythnos. Cysgu yng nghefn y car. Swper tân agored ac ambell dro, pan oedd hynny'n ormod o drafferth, swper tafarn. Chwithig oedd hynny weithiau a finnau angen digon o fwyd i dri ond ddim isio talu am fwy nag un plât. Dim ond un lle gymerodd dosturi drosta i – tafarn yr ochr draw i Langollen, a dyn y lle yn dweud, 'Cockles me!' Ie, cofiwch, 'Cockles *me!'* Chlywais i erioed hynna o'r blaen. Does dim llawer o'r rheiny i'w cael wrth nofio afon, meddwn innau wrtho.

'*You'll be needing a drink, on the house,*' meddai o.

Ond mi ddwedais i, mai gwell platiad o datws a grefi na chwrw, am y tro. A dyma fo'n anfon gair i'r gegin ac yn dod â phastai gig i mi. Mynydd o ddarnau, w'chi. Doedd dim modd gwerthu peth mor flêr, nag oedd, beth bynnag oedd ei blas hi. Wel, roedd hi'n un dda. Y pestri gorau sy'n disgyn yn ddarnau.

Roeddwn i'n ddigon bodlon wrth adael fy nillad hefo Nan yn y Bala ond yn difaru'r Bala ei hun, fel yr oedd o. Pobl ddŵad yn drwch yn dre' ac wrth yr afon. Coesau noeth a sanau bach yn cerdded 'rhyd 'rafon wrth i mi nofio heibio. A doeddwn i ddim awydd hynny, ar ddechrau'r daith, fel yna. Yn eu canol nhw, roedd Nan, yn edrych yn hen. Haul bach y bore yn ei goleuo hi fel bod croen bonion ei breichiau hi – fan'no lle mae merched yn heneiddio'n gyflym – yn gloywi'n dryloyw fel blows denau amdani. Fel petai hi'n gwanhau o'r tu allan, a minnau o'r tu mewn.

Cyn gynted ag oeddwn i yn y dŵr, bron, roedd rhaid dod allan. Bali slwsgatiau Tryweryn-Dyfrdwy! Mi fyddai'r rheiny wedi bod yn ddigon i droi corff rhywun y tu chwith allan. Lle wedi'i sbwylio. Y diawled wedi rhoi'r llifddorau i mewn chwe mlynedd dda cyn cael y *go-ahead* ffurfiol. Gwybod oedden nhw, dwi'n dweud wrthoch chi. Gwybod na fyddai pob gwrthwynebiad dan haul yn golygu dim. A gwybod nad gwastraff arian fyddai rhoi'r slwsgatiau yna i mewn mor gynnar, ond arbed amser. Roedd pethau'n llanast yno. Arwyddion protest a ballu, gymaint oedd iws y rheiny. Lle arall ar gyfer pobl sy'n benderfynol o drio gwneud amdanyn nhw'u hunain, fel petai yna ddim digon o lefydd yn barod, o bont i ddŵr neu o bont i lein drên. 'Thynnag am hynny, roedd y slwsgatiau'n gwneud patrwm nofio dyn yn anesmwyth. Pobl yn fy ngweld i'n hopian allan o'r dŵr ac yn ôl i mewn yr ochr arall. A gweld Nan ar y lan, a dweud dim, y diawled. Cerdded heibio iddi fel 'tase'n bosib dal gwallgofrwydd fel chwain, neu'n waeth byth drwy sgwrsio. Dim ond y cŵn oedd yn rhoi unrhyw sylw i ni, yn cyfarth fel cythreuliaid ac yn trio fy nilyn i, drwy redeg ar y lan, wrth f'ochr. Ond aeth y dorf yn deneuach â phob strôc. Mynd o aer i ddŵr o ddŵr i aer a mwynhau bod rhwng dau le fel yna. Mae byd o wahaniaeth rhwng y straffîg yn y llyn, a'r afon. A'r teimlad o gael eich cario, hyd yn oed os ydech chi'n stopio nofio am sbel fach. O fod mewn dwylo da, fel 'tai.

Ond wyddoch chi be, 'tydi pobl, fel y cyfryw, ddim yn bethau drwg. Wedi i mi fynd i rythm pethau, wrth nofio rywle cyn y Garth, prin allan o'r Bala, a throi am dipyn i nofio ar fy nghefn, cicio mymryn ac edrych ar y cymylau, daeth y llais 'ma.

"Di'm braidd yn oer mewn yn fan'na?'

Mi gymrodd chwinciad i mi weld o ble ddaeth y llais. Dyn mewn gwyrdd oedd o. Golwg od sydd ar ddyn â barf, os gwelwch chi o a'i ben i waered. Ond

dwi'n siŵr ei fod o wedi cael mwy o arswyd na fi. Llai o
beth ydi gweld 'sgotwyr wrth afon, na gweld dyn mewn
afon. Y math yna o beth ddwedodd pob 'sgotwr welais
i, yn eu dwsinau, yr un sgript glên: 'Dw't ti'm yn oer?'
'Ti'n fferru?' *Nice day for it?* Roedd y sioc ar wyneb
hwn yn amlwg, ond roedd o'n bysgotwr digon
profiadol i beidio â symud allan o'i ben-dwmp yn rhy
handi. Sylwch chi ar ddyn yn nofio ar ei gefn. Mae ei
ben bach o'n sticio allan, ei wallt o'n stribedi gwlyb a'r
cicio'n dod o'r tu ôl, yr un sbit â dyfrgi. Ac mae'n siŵr
fod y boi cynta yma, nid yn unig wedi meddwl – dew,
dyna i chi beth, gweld rhywbeth fydd yn cuddio fel
rheol – ond hefyd – dario, mae o'n fwystfil o ddyfrgi
hefyd. A minnau jest yn dweud, 'Na, mae'n ddigon
cynnes i gymryd bath, os oes gynnoch chi ffansi, yn'de,'
yn hamddenol, a holi, 'Be sy'n cydio heddiw?'

'Dim llawer,' meddai o, gan ddangos slaffar o eog.
Chware teg iddo fo.

Mae'n rhaid bod yn ofalus i beidio ag achosi ffwdan
wrth nofio mewn afon lle mae eogiaid. O leia ro'n i'n
nofio'n rhy gynnar iddyn nhw fod yn claddu eu hwyau
ond mae isio osgoi'r graean silio beth bynnag. A
chlywais i 'run gair o gŵyn gan y 'sgotwyr, o'r Bala hyd
Gaer. Yr unig air cas gefais i oedd gan ryw ddyn oedd
yn croesi pont Holt, yn nes ymlaen. Rhywbeth am
Disturbing the Peace. Does dim isio cymryd sylw o
hwnnw.

Yn fuan ar ôl y 'sgotwyr cynta yna, roeddwn i'n
nofio drwy'r cydlifiad â'r Hirnant, ar yfflon o

gyflymder. Hergwd dŵr mynydd a'i lond o ocsigen. Codi'n llaw ar dylwyth fy nhad yno, a mynd heibio'r cydlifiad â'r Caletwr toc wedyn, a chaeau llawn brefu rhwng y ddau. Yr un mor eger oedd y Caletwr: gwir bŵer ynddi, honna. Hi sy'n creu trydan Plasdy Palé. Dyna i chi ddiddorol, o ystyried yr holl sŵn am egni cynaliadwy y dyddiau hyn. Mae'r system honno yn hŷn na fi. Daw'r dŵr drwy bibell enfawr i lawr y mynydd i dŷ'r tyrbin sydd wedi'i guddio y tu ôl i'r coed – lle roeddwn i'n nofio – a does dim un eiliad o'r broses yna lle mae'r dŵr yn stopio bod yn ddŵr i 'nhylwyth i ac yn dechrau bod yn ddŵr Palé. Nid perthyn i fi, yn uniongyrchol, ond i ochr Mam o'r teulu. Pwy gafodd ei magu ar lan nant Caletwr, yn lladd crethyll drwy eu cau nhw mewn potiau jam dan gaead di-dwll i wneud yn siŵr eu bod nhw'n saff, ond Mam. Ydech chi'n gweld? Mae o i gyd yn dilyn. Un o'm cyndadau yw'r Caletwr. Mam yn byw ar isafon i'r Ddyfrdwy – hon – a Dad ar yr Hirnant. Y ddau yn bwydo'n union i mewn i'r Ddyfrdwy: fi. Teuluol yw dŵr. Un yn dwyn y llall i fyny. A fi bia'r Ddyfrdwy.

Mae natur ei hun wedi fy mhennu i'n warchodwr y Ddyfrdwy. Dyna'r pwynt pwysica sy'n profi fy mherchnogaeth. Yn y ffeil felen, pan fydda i wedi mynd, edrychwch o dan 'Llinach afon'. Fan'no rydw i wedi ffeilio'r manylion. Mapiau, achau, a'r holl ddiwydiannau fu'n defnyddio dŵr yr afon.

Felly, mae golau yn siandelïer grisial Palé, diolch i mi, neu i'm treftadaeth i.

'Tydi rheswm ddim yn dweud 'mod i wedi 'nghlymu wrth y Ddyfrdwy, o'r foment y disgynnodd Mam, ar lan y Caletwr, mewn cariad â Dad, ddwy filltir ymhellach, ar lan yr Hirnant, a chael mab?

Clymu. Gair gwael. Gwau, plethu: na. O, mi fydda i wedi colli fy limpyn efo'r Gymraeg yma a'i hobsesiwn â thir, yn fy ngadael heb eiriau addas.

'Mod i'n mynd i fod wedi fy *nghydgymysgu* ag Ddyfrdwy.

Trwsgwl ond dyna welliant. Fel gwaed. Anghofiwch eich 'coeden' deulu. Tyfu fel dŵr mae etifeddiaeth a pherthynas gwaed, nid fel canghennau. Mae llif dŵr, amser, teulu yn y ddwy isafon. A phan mae dŵr yn ymuno â dŵr, dyma be sy'n digwydd: y trydydd peth. Tueddiad i anghofio sydd ynon ni, fod cylchdro dŵr a chylchdro bywyd yr un.

Salíwt i Mam wrth fynd heibio, felly. Teimlo 'mod i wir ar gychwyn ar ôl y ddwy nant yna. Mae cydlifiad yn medru bod yn ysgytwad. Mae'r afon fewnol ar ei chryfa bryd hynny, wrth i ddwy droi'n un a tharo swigod i'r wyneb. Does dim iws ymladd yn ei herbyn. Yn eich blaen ewch chi, beth bynnag. A chan mai mynd yn eich blaen sydd isio, does dim problem, nag oes? Yr unig beryg ydi dŵr sy ddim yn symud. Ond roedd gen i fwy o ofn trên! Dychymyg dyn. Mi basiais i sawl trên hefyd – wel, cael fy mhasio gan drenau. A chan 'mod i mor isel o dan lefel y lein, yn y dŵr, roedden nhw'n angenfilod yn crynu, â'u gwynt yn ddu. Does ryfedd fod chwîd yr afon yn mynd yn hurt bost.

Pan aeth y trên cynta heibio, mi roddodd ddigon o arswyd i mi ddechrau nofio ar yr ochr bella, ac yno, heb sylwi, nofiais yn syth i mewn i bwll bach tawel, rhyw fymryn cyn Queen's Walk, a minnau â dim syniad ei fod o yno, erioed. Pwll â phrin ddim cerrynt. A pheth peryg ydi dŵr fel yna, hefo chwyn yn rhydd i dyfu'n uchel yn y dŵr heb gael eu 'styrbio, ac es i'n syth i'w canol, yn cicio'n benderfynol. Cyn i mi ddeall, roedd fy nghoesau i'n chwyn i gyd, ac yn gaeth – y diawled yn gafael amdana i fel coesau octopws. Hanner awr dda y bûm i yno, yn gwneud y nofio i gyd hefo 'mreichiau, fel petawn i'n ddim byd ond chwynnyn fy hun, yn llithro allan yn naturiol. Hanner awr yn dychmygu cwlwm o bethau heblaw llystyfiant gwyrdd amdana i. 'Slywod, er enghraifft; 'slywod â dannedd. Aros yn llonydd sydd isio. Haws dweud na gwneud. Ond mae llystyfiant wedi'i styrbio cynddrwg â 'slywen wedi'i styrbio am roi stop ar nofiwr. Peryg o beth, chwyn dŵr, er mor ddel ydi'r rhubanau gwyrdd. Yfflon o grafanc arnyn nhw. A llawer peryclach na'r posibilrwydd o drên yn chwyrlïo i ffwrdd oddi ar ei gledrau ac i'r dŵr.

Diolch am Queen's Walk ar ôl hynny, am roi gardd daclus i mi edrych arni wrth nofio. O'r holl lefydd lle buodd Fictoria yn cerdded a chiniawa a chysgu sydd hefyd yn 'Royal' neu 'Queen' rhywbeth neu'i gilydd, mae fel petai hi'n dal yma rywsut, yn cerdded ar lan y Ddyfrdwy. Fel y dylwn i fedru ffeindio ôl ei thraed yn y pridd a meillion wedi'u sathru, fel 'taswn i jest newydd ei methu hi cyn iddi droi i mewn i gael ei phaned a diflannu rhwng dwy ddeilen. Ond mae brenhines farw'n hel rhyw sentiment fel'na ati'n gymaint mwy na brenhines fyw. Marwolaeth yn rhoi iddi statws brenhinol yn nhermau hud a lledrith. Ac mae'r frenhines sy'n cerdded Queen's Walk yn dlos i mi, yn un ysgafn ei throed. Nid un mewn staes rhy dynn, wedi bwyta gormod o botes.

Llawn bysedd y cŵn a rhododendron yn drwch oedd Queen's Walk pan nofiais i heibio. Ac yn ei dymor, yn smart o eirlys gwyn-gannwyll, cennin Pedr, yn felyn i gyd, saffrwm. Y lle gorau. A bwtsias y gog. Mor smart 'di hwnnw hyd waelodion y coed. 'Stalwm roedd 'na ddau goedwigwr yn gweithio i Palé, yn rhoi tun Quality Street i ni 'Dolig a thendio i'r cannoedd o goed o wledydd pell yn y Parc. Nid derw, ffawydd a chriafol ond pethau fel *monkey puzzle*. Un dda ydi honno. Coeden siâp cartŵn. Coniffer o Chile â dail miniog fel cennau draig, digon siarp i dynnu gwaed. Ac fe nofiais i drwy'r rheiny'r diwrnod hwnnw fel petaen nhw'n ddim byd ond plu hwyaden wyllt. Pethau siarp i stopio deinosor rhag pori oedden nhw, nid i ddrysu mwncïod. Dyna i chi pa mor hynafol ydi'r goeden yna o Chile ar lan y Ddyfrdwy. Mi fydda i'n nofio drwy ddail honno hyd heddiw. Mae hi'n gryfach peth na sawl derwen, yr hen ffrind, yn dal yno uwch Queen's Walk, a fan'no wedi mynd yn rhowtiau mawr bellach. Neb i edrych ar ôl y lle. A tendar ydi 'nghroen i, i'r dail, bellach, hefyd. Rydw i wedi mynd yn hen ddeinosor, welwch chi.

Lot o bren bocs oedd yno hefyd. Peth marwol i ddafad, w'chi. Mi roedd 'na ryw eira ofnadwy am ddiwrnodau flynyddoedd yn ôl. A rhyw ddiawled gwirion yn dechrau hel y deiliach a'r canghennau i roi bwyd i'r defaid, heb wybod. Dau bren sydd ar ôl yn Queen's Walk rŵan – a be sy'n rhyfedd ydi fod cymaint ohonyn nhw yng Nghwm Pennant, a chlywais i erioed am ddefaid yn marw ohono fo'n fan'no. Efallai mai rheolau gwahanol sydd i'r Ddyfrdwy.

Ond gwneud i mi deimlo'n euog wneith Queen's Walk, er yr hyfrydwch. Fyddwn i ddim yn mynd yno hefo Nan. Nid euogrwydd 'mod i wedi gwneud rhywbeth yn ei herbyn hi ond euogrwydd 'mod i wedi gwneud rhywbeth yn erbyn natur pethau.

Charlotte Clive Carpenter. Saesnes, o rywle ar gyrion Lerpwl. 1941. Charlotte Clive Carpenter, dim ond fis yn union yn iau na fi a hynny'n gwneud i mi deimlo ein bod ni wedi'n clymu'n dynn wrth ein gilydd. Hi a'i chariad di-ben-draw at straeon a ffeithiau. Roedd Charles Darwin wrth ei fodd yn nofio mewn afon, Florence Nightingale hefyd, 'Don't you know!' Wyneb gwelw, ond del 'se chi'n ei ddweud, siŵr i chi. Dyna i chi ferch fyddai wedi rhoi siâp arna i.

Roedd Plasdy Palé yn ysbyty i'r soldiwrs adeg y Rhyfel Cynta, a lle i'r plant alltud 'ma o Lerpwl yn yr Ail. Os oedd dwy ar hugain o 'stafelloedd yn wirion bost i un teulu cyn y Rhyfel, doedd dim un modd cyfiawnhau'r peth wedyn. Agor wnaeth y drysau. Does wybod beth feddyliai'r plant o'r siandelïer yno, y merched hanner noeth ar nenfwd y lolfa las, na gwely'r Frenhines Fictoria, yn dal yn ei le. Yr unig beth wn i oedd na wyddai'r plant beth oedd dafad na dim.

Byddai'r nyrsys yn dod â phlant y Palé i weld y gigfran oedd gynnon ni: Charlotte Clive Carpenter; ffrind iddi, Elizabeth Poole, ac ugain plentyn ar y tro. 'Cau dy geg diawl,' oedd y gigfran honno'n ei ddweud. Charlotte neu Elizabeth yn gorfod esbonio. Does wybod pwy ddysgodd hynny iddo hi. Cipar, siŵr. Ond roedd hi'n gwybod ei fod o'n ddrwg. Cau dy geg diawl. Cau dy geg diawl. O flaen neb ond y Person a'r plant.

Mi gafodd Mam a Dad efaciwî da, cryf: Peter Cheesman. Doedd o ddim llawer iau na fi ar y pryd, ac yn smocio. O Lerpwl oedd hwnnw'n dod hefyd, 'mond fod y rhai oedd ddigon hen i beidio bod angen nyrs yn cael byw ar ffarm, a gwneud gwaith POW. Od hynny. Plant a charcharorion. Ond dyna ni.

Ofn y twyllwch oedd o ar y dechrau, yn cerdded hefo'i freichiau allan fel boi yn nofio drwy Lyn Tegid, yn trio cyffwrdd gwrychoedd anweledig ac ofn i'r ddaear gamu i fyny'n sydyn i'w gwarfod o. Ac mi fues i'n un amyneddgar hefo fo, yn dangos sut i syllu'n galed a gweld siapiau drwy'r t'wllwch. Defaid fel clogfeini. Siâp gwrych, a'i fod o'n debyg o sticio allan gymaint ag y mae o'n sticio i fyny. Treulio amser yn adnabod siapiau topiau'r coed yn ystod y dydd er mwyn eu nabod nhw yn y nos, yn ddu yn erbyn awyr olau o sêr. Dyna mae ffarmwr yn ei wneud wrth edrych i'r nefoedd a golwg arno fel 'tase fo'n myfyrio am ystyr bywyd: pensilio siâp y coed yng nghefn ei lygaid. Haf a gaeaf, o flwyddyn i flwyddyn, wrth i goed dyfu ac i eraill ddymchwel a newid siâp y byd. Mi gafodd Peter grap arni, ar ôl dweud lot fawr iawn o 'Flaming' hyn a'r llall wrth gerdded i mewn i ysgall. 'Flaming thistle.' I mi, roedd dysgu enwau'r bwganod yn gamp ynddi'i hun – thistle, nettle, ac ati. Fe wnaeth les i mi. Sut siâp fyddai ar fy Saesneg i hebddo fo?

Ei aeaf cynta yma, wrth gamu allan a gweld ei wynt yn wyn, fe safodd o'n stond yn y ports cefn – a wyddoch chi be ddwedodd o? Camu i mewn i'r gaeaf sy'n anodd, yn ei ôl o, nid y gaeaf ei hun. Dyna arwydd o ddyn dinas i chi. Rhywun sydd ddim angen sefyll yng nghannwyll storm, ond yn cilio'n ddigon pell a gwylio'r gaeaf o rywle saff, gan gwyno. Dim byd ond o-bach llaw gaeaf ydi'r diwrnod cynta 'na. Yn enwedig â'ch corff chi'n gryf o gario ŷd. Roedd o wedi newid ei feddwl erbyn y gaeaf ola. Bwyta dyn wneith gaeaf. Gwell cymryd yn ganiataol y bydd o'n gwneud hynny a chael eich siomi ar yr ochr orau os digwydd i'r gaeaf fod yn un mwynach na'r disgwyl. Ar y gorau, mae o'n dal i'w deimlo yn 'ych migyrnau ymhell i mewn i fis Mai, yn pigo y tu mewn i chi er iddo lacio yn y caeau. Ond gwella roedd hi, gwella digon i ni'n dau fedru mynd, yn yr haf, heb ein cotiau, a saethu'r penhwyaid oedd yn cysgu yng ngwres yr haul ar ochr yr afon. Deuddeg ar y tro. Mae isio, on'd oes?

Tua'r un amser, mi gyrhaeddodd llond bws arall: Eidalwyr. I-tili-tais diog, lot fawr ohonyn nhw, yn enwedig y rhai o'r de. Un o ben-glin y wlad ddaeth i'n tŷ ni, fo a'i ddarn o bapur yn dweud, '*Receipt for the live body of Vittorio Castello.*' Victor Castell. Tua'r un oed â fi oedd hwn hefyd. Roedd cael Sais heb air o Gymraeg ar yr aelwyd yn un peth, ond Eidalwr â dim ond hanner crap ar Saesneg chwaith yn beth arall. Un tro, mi waeddodd, '*Cold!*' dros y gegin pan welodd Mam ar fin rhoi ei llaw mewn bowlen o ddŵr berwedig. '*Cold!*' medde fo. Wnaeth hi ddim byd ond edrych arno fo'n hurt a mynd yn ei blaen. Llosgi nes ei bod hi'n hopian! *Caldo: cold:* oer, yn'de? Dyna fyddech chi'n ei feddwl. Ond, na: poeth ydi *caldo* mewn Eidaleg . . . Roedd Pete yn llai o hindrans a'i jôcs yn haws eu deall hefyd.

A thra bod Elizabeth yn adrodd 'helo,' a 'hwyl fawr' mewn Eidaleg hefo rhyw POW arall – roedd 'na dipyn go lew o hynny'n mynd ymlaen ar y pryd – roedd Charlotte hefo fi. Ac mi ddaeth hi â'r wybodaeth yma i mi: mae'n debyg fod saith Dyfrdwy yn y byd. Llanwodd y syniad 'y mhen i fel bwcedaid o ddŵr oer. Saith, cofiwch! Bron i mi ddisgyn oddi ar fy nghadair. Ddysgodd hynny fi i beidio siglo ar y ddwy goes ôl.

Saith 'Dee' ddwedodd hi. Dyfrdwy. Dŵr Duwdod. Duwies cyn-Gristnogol, Brydeinig, hynafol.

Ie, saith, meddai hi, a'i llygaid hi'n gloywi uwch ei the, fel rhosod mewn eira. Heriais innau hi i'w henwi nhw, felly, yn brawf. Mi gymrodd hanner awr dda i ni eu ffeindio nhw i gyd mewn atlas. Tasmania oedd yr un anodd. Roedd Charlotte yn iawn. 'Ond, wrth reswm,' meddwn i, 'hon – yn y fan yma – ydi'r wir Ddyfrdwy.

Os rhoddodd y Rhufeiniaid yr enw "Deva" arni, siawns mai'r lleill wnaeth ddwyn yr enw wedyn.' Dario!

Ac fe welais i fod dweud y gair 'Dee' yn gwneud i rywun wenu fel dweud '*cheese*' a bod dant cam gan Charlotte, a'i bod hi'n trio'i guddio efo'i thafod bob tro roedd hi'n gwenu.

Fe ddysgais i adrodd y saith ohonyn nhw, a'r manylion am bob un, fel 'mod i'n medru dweud wrth unrhyw un oedd yn gofyn. Dangos 'mod i'n deall popeth am y Ddyfrdwy yma.

Disgynnais i ryw iselder dieflig am wythnosau, darllen fod afon Dee yn Galloway yn un ddu a bod Thomas Telford wedi bod yn fan'no hefyd, yn bocha hefo pontydd. Y geiriau 'Dee' a 'Deva' a 'Duwies' i'w gweld ym mhobman, wrth sôn am unrhyw un ohonyn nhw. Teimlo twyll. Roedd y cysylltiad melltigedig ag afonydd eraill yn gwneud y Ddyfrdwy'n amhur, yn fy mrifo *i*, yn gwneud i mi deimlo mai *fi* oedd wedi fy llygru. A nid f'un i ydi'r afon hiraf chwaith, ond un Swydd Aberdeen.

Ffeindiais fy hun law yn llaw â Charlotte yn cerdded hyd Queen's Walk un bore cyn gwaith. Yn embaras hefyd, gan mai newydd orffen peintio ffens bren oeddwn i'r diwrnod cynt, a staen ar fy nwylo i fel 'taen nhw'n byw mewn bwced o faw ieir. Ond roedd hi'n benderfynol o godi fy hwyliau i. Diwrnod annwyl oedd o, tra annwyl, yn wan ei olau ac yn ystyfnig o braf. Chwa cennin Pedr yn eu miloedd, yn bigau melyn mewn crysalis. Roedd y te lowciais i wrth ddod allan yn gwneud i 'nhafod i gysgu a 'nhu mewn i losgi. Jest mynd. Ac yno roedd y Ddyfrdwy, amser gwyrdd y flwyddyn yn gryf ynddi wrth iddi adlewyrchu pob deilen dew; yn symud, ond dim ond yn araf, fodlon lle roedd hi.

Deall pethau oedd Charlotte, fel sut i ailgyflwyno'r byd i mi ar adeg fel hon. Mi allwn i wneud hefo rhywfaint o hynny heddiw hyd yn oed, petai hi yma. Dyma ni'n eistedd, hi ar fy siaced a minnau ar fy llawes, mewn rhyw lecyn bach na allwn i ddod o hyd iddo heddiw hyd yn oed wrth nofio heibio Queen's Walk. Y gwres yn fwyn a'r gwlith yn llaith a chynnwrf rhwng y ddau ohonon ni. Hi blyciodd ar fy nghôt a'i rholio'n glustog fach, ei gosod dan ei phen a gorwedd ar y glaswellt. Ac oes pys wedyn, wrth edrych tuag i fyny eto, doedd dim ffordd o ddweud a oeddwn i'n gweld cymylau yn yr awyr las neu gymylau'n adlewyrchu mewn afon las. Cyfri un gïach, dau. Sŵn trên – tynnai hwnnw liw'r wlad ar ei ôl tra oedd y stêm yn setlo, ac amser, meddai hi, yn ddigon syml, amser, gan ein plycio ni'n dau yn ôl i fyd wyth o'r gloch y bore, a gwaith. Rholiodd fi i ffwrdd, yn syth i mewn i wely o friallu gwyllt a brigau mân. Arhosodd yr agosatrwydd yna fel yr afon yn rhedeg drwyddon ni, yn cymysgu'r ddau ohonon ni, yn cosi.

Ond wedyn daeth y Rhyfel i ben, ac o'ma yr aeth hi. Ac fe aeth Pete, Elizabeth, ac fe aeth yr Eidalwyr. A phawb yn gadael dim ond cyfeiriadau.

Fydda i byth yn cofio dynion fel y bydda i'n cofio

merched. Charlotte Clive Carpenter. A dyna ni, y cwbl sydd raid i mi ei wneud ydi gosod ei henw hi i lawr yn fan'na ac rydw i'n ei gweld hi'n cerdded ffordd Parc, yn gafael yn ei phocedi ac yn swingio. Ei llygaid hi ddim yn gweld yn iawn a hithau byth yn gwisgo sbectol, ac yn edrych arnoch chi fel petaech chi'n ddim byd ond chwilen i'w harchwilio. Yn dweud, 'Halo', yn lle 'Hello', ac yn gwasgu garddwrn rhywun. 'Halo, you. How are you?' Wedi marw bellach, ers oddeutu ugain mlynedd, cofiwch, ond mae'n rhy hwyr, rŵan, i mi anghofio.

Hebddi, roedd y lle'n ymddangos yn rhyfedd a finnau'n rhyfedd ynddo fo. Tua'r un pryd: Mehefin '45, llaciodd clamp o ddarn o Ddôl Tudur a disgyn i mewn i'r afon a newid siâp pethau. Yfflon o ddilyw haf a phrin oedd y bont yn ddigon o hyd i groesi'r Ddyfrdwy: beichiog o beth.

Yn ôl i Lerpwl yr aeth hi, a bryd hynny roedd fan'no fel 'tase fo ym mherfeddion byd. Ddylai o ddim bod, o feddwl 'mod i wedi arfer gweld awyrennau'r Almaenwyr yn hedfan yn isel dros Lyn Tegid, yn gwibio yn eu blaenau hefo'r Ddyfrdwy, gan ddefnyddio'r llyn fel bys yn pwyntio at Lerpwl er mwyn bomio. Does bosib ei fod o mor bell â hynny. Ond wedi'i fflatnio oedd o, yn ôl tudalennau Dail y Post. Roedd yna luniau efaciwîs yn mynd 'nôl ac yn sefyll rhwng rhesi o rwbel yn lle tai. Es i ddim i weld drosof fi fy hun.

Anfonais Queen's Walk at Charlotte mewn amlen bob blwyddyn. Un blodyn, 'thynnag, i gynrychioli'r gweddill, ar ôl sychu'r sudd o'r petalau melyn rhwng dau ddarn o bapur brown a dau Feibl teulu. Ddim mor hir fel bod lliw'r genhinen Bedr wedi mynd ohono a'r gwanwyn yn mynd yn hen beth, ond nid ar frys chwaith. Does neb isio blodyn powdr mewn amlen, nag oes, hyd yn oed os ydi'r syniad yn un neis. Ac mi rois nodyn hefo fo'n dweud mai o Queen's Walk y daeth o. Dim byd mwy. Be fyddai rhywun yn ei ddweud, d'wed? Rhywbeth sentimental fel, 'Tyrd 'nôl.' Wfft i hynny. Hi adawodd.

Y cyfeiriad oedd, Rhywbeth-rhywbeth, Green Gables Road, Liverpool. Flynyddoedd wedyn, fe gymrodd fy wyres i, Tracey, ryw ffansi at ddarllen llyfrau am dŷ o'r enw Green Gables ar ynys Queen Charlotte, yng Nghanada, a llun tŷ mawr hefo penty uchel gwyrdd-mwsogl ar y clawr. Yno y gwnes i ddychmygu y buodd hi, Charlotte, yr holl flynyddoedd.

Disgynnais i batrwm o wneud yr un peth bob blwyddyn. Pererindod fach. Queen's Walk, dewis un, estyn y Beiblau a rhoi nodyn yn y calendr yn y gegin i gofio'i nôl o oddi yno. Rhywbeth i'w wneud ar bnawn Sadwrn, unwaith oedd y cennin Pedr ar eu gorau. Marcio'r flwyddyn. Sylwi sut oedd y llwybrau'n gulach a'r llwyni a'r coed yn fwy o flwyddyn i flwyddyn nes bod yn rhaid i mi wylio 'nghap rhag y brigau. A nodi pryd oedd y gwanwyn yn cyrraedd o'i gymharu â'r flwyddyn cynt.

Daeth 'na ddim un neges yn ôl, erioed, i mi weld. Ond pam fyddai 'ne? Rhyw ynys o amser oedd 'Rhyfel. Nid ein bod ni, yng nghefn gwlad Cymru, wedi bod mewn peryg bywyd fel amryw o rai eraill yn y wlad, ond roedd pawb yn dal i lynu at bwy bynnag oedd ar ôl. Ac fe redodd y cyfnod yna o chwe blynedd yn ei flaen fel y gwna dŵr y Ddyfrdwy drwy Lyn Tegid, heb gyffwrdd yr ochrau, heb gymysgu.

Cyfnod y tu hwnt i drefn ydi rhyfel. Ac os ydi lladd yn anfoesol mewn bywyd bob dydd, mewn rhyfel mae cyfreithiau arbennig i wneud yn siŵr fod y lladd yn deg a chyfreithlon. Ddealles i ddim. Ond swigen o gyfnod oedd o, a'r pella rydw i'n symud oddi wrtho fo, yr anodda ydi credu fod y ffasiwn beth wedi digwydd. Hyd yn oed wrth ddarllen llythyrau Elizabeth, edrych ar luniau . . .

Fe ddaeth cerdyn gan Elizabeth, Nadolig 1946, ac yn selog wedyn, odia'r peth. Ac mae'n debyg ei bod hi'n llythyru efo pawb, yn golomen glecs. Hi anfonodd ail gyfeiriad Charlotte i mi: Mr & Mrs Cheesman. Tebyg eu bod nhw wedi ailgyfarfod yn Lerpwl a symud i fyw i ryw le efo enw hyll: Truck Row, Chester. Benderfynais i ddal ati i anfon Queen's Walk yn y post. Dyma'r ychydig rydw i'n ei wybod am Charlotte, felly, o lythyrau Elizabeth:

Ei bod wedi cael mab: George. Hwnnw oedd y cynta. A bod genedigaeth hwnnw wedi bod yn un ddigon anodd, yn ôl pob tebyg. Wedyn mi gafodd hi un arall, hwnnw hefo un goes gwta, ond yn iawn, ar wahân i hynny. A'i bod hi wedi byw hefo fo – Peter – yn y tŷ talcen brics 'ma yng Nghaer, hefo tair coeden afalau yn y cefn a'r rheiny'n gwneud y picl gorau, tan iddi farw ugain mlynedd yn ôl, o rywbeth roedd Elizabeth yn ei alw'n dorcalon am fod Peter wedi marw o gancr dri mis ynghynt. A'u bod nhw ill dau wedi mynd am wyliau i weld traethau D-Day ar ôl i'r bechgyn dyfu'n ddigon hen – un yn ddoctor a dwi'n meddwl yn siŵr mai titchar oedd y llall. Ei bod hi wedi mynd yn anghofus tua'r diwedd, ac wrth anghofio, yn cofio'r pethau gwiriona, ac wedi dweud wrth Pete, cyn iddo farw, am gael gwared â'r hen flodau siop, wir, a dod â daffs o Queen's Walk iddi. Ddwedodd Elizabeth ei bod hi wedi mynd i'r angladd. Diwrnod braf. Fel petai hynny'n gwneud gwahaniaeth. A tybed hoffwn i botyn picl os oeddwn i byth yn pasio Caer?

Welais ddim cerdyn 'Dolig gan Elizabeth er 1998. Saff gesio pam. Ac mae colled gen i ar ôl ei chardiau. Robin goch neu'n well fyth, ffarmwr yn yr eira fyddai hi'n ei anfon. Chware teg iddi am gofio. Newyddion taclus ar bapur sgwennu lliw nad-fi'n-angof, hefo ambell – ha! – bach yn sefyll allan yma ac acw – ha! – yn swil ac wedi'i stwffio rhwng cromfachau. Ond nid mater chwerthin oedd Charlotte. Ac mi fyddwn i'n chwipio'r llythyr allan o'r cerdyn 'Dolig cyn i Nan gael cip arno fo, yn ei roi y tu mewn Dail y Post at amser paned a'r cerdyn ar sil y ffenest yn browd hefo'r gweddill.

A 'taswn i'n fwy o ddyn, mi faswn i wedi anfon gair hefo'r cennin Pedr, ond wyddwn i ddim lle i ddechrau, ac wedi methu dechrau, roedd cydio ynddi hanner ffordd, a hithau'n briod, yn chwithig. Gwell ei chofio hi'n gorwedd ar lan 'rafon, a'i phen ar fy siaced, yn dweud dim ond rhyw 'hym' bach bob tro roedd aderyn yn mynd heibio neu awel yn chwythu'i gwallt dros fy wyneb i, nes mai dyna'r unig iaith oedd ar ôl, hynny a chyfraniad yr afon, fel grwndi.

Ar y dechrau, doedd dim syniad gen i fod straeon bywyd yn debycach i afon nag i lyfr. Straeon yn ail-lifo mewn plethiadau gwahanol. A dyna lle roedd olion pob un camgymeriad a cham gwag a gair twp ddwedais i erioed, yn y dŵr. Y geiriau cas hefyd, a'r chwerthin, a'r geiriau na ddwedais i 'mohonyn nhw. 'Tyrd 'nôl, Charlotte,' er enghraifft. Pob atgof yn tynnu ar y llall. Ac ar ddiwedd y daith honno, yn nofio hefo'r hen leisiau, dim ond Nan oedd yn aros amdana i, hefo'r un breichiau gwan ag oedd ganddi yn y Bala.

Does 'na'm byd tebyg i drochi yn eich dŵr eich hun i wneud i chi deimlo, diawch, dwi'n hen. Digon hawdd i mi ddweud, rŵan, fod deugain oed yn ifanc ond, 'Rydw i'n hen,' ddwedais i wrthaf fi fy hun, 'hen,' wrth ddod allan o ddŵr y Ddyfrdwy. Ac wrth i Nan estyn llaw i mi.

'Hwdia,' meddai hithau, yn sefyll ar glawdd, 'Hwdia.' Ond allwn i ddim yn fy myw â gafael yn rhywbeth mor sych ac mor gadarn â hi. Doedd hynny ddim yn teimlo'n saff. Roeddwn i'n sicrach fy nhraed ar fy mhen fy hun, traed gwlyb yn y mwd. Felly mi straffaglais i'r tu hwnt i Nan, a dod allan o'r afon yn yr hen le cyfarwydd, yng nghysgod pont Llandderfel yn Nôl Tudur, ar y traeth bychan yna lle bydda i fel arfer yn dod allan o'r afon ar ôl nofio. A dyna lle roedd corneli aur Palé yn pipio'n ôl arna i y tu ôl i'r coed. Diawch o beth crand, neo-Gothig. Meddyliwch: tamaid o Sainte-Chapelle, Paris yng nghanol caeau pori Gwynedd a finnau bron yn noeth o'i flaen o, a glaswellt gwlyb ar f'ystlys!

• •

Pan farwodd Nan, sbarion bagiau te oedd yng nghlustog yr arch brynais i. Y corneli sydd ar ôl wrth wneud bagiau te crwn. A chwerthin wnes i, fel ffŵl. Chwerthin nes bod f'ochrau i ar dorri. Dyna'r math o beth fyddai Mam wedi'i wneud hefo sbarion bagiau te, petai hi yno, gan ffeindio rhyw iws i bob darn o sgrap. Wel, jest i mi wincio ar – be, d'wed? – ar y waliau, a dweud, 'Helo, Mam,' a 'Diolch, Mam,' am fod yno, w'chi, hefo fi, y foment honno. Ac, yn wirionach byth, roedd diffyg corff y wraig i'w roi yn y bali arch a gorfod aros ac aros i'w llenwi hi. Ydech chi ddim yn gweld y sefyllfa'n un ddoniol? Doedd gwraig y trefnwr angladdau ddim.

Roedd Nan yn cymryd siwgr yn ei the pan briodson ni, un a hanner, ond ddim wedyn. Ddim nes 'mlaen. Roedd rhaid i'r siwgr fynd achos dim ond dwy law oedd ganddi. Ofn gwneud llanast wrth falansio cwpan a soser a phlât bach a chacen ac estyn am y siwgr a chynnal sgwrs gall fel gwraig dda oedd hi. A hithau'n meddwl 'mod i wedi mynd i'r habit o gymryd siwgr yn fy nhe wrth nofio'r Ddyfrdwy, jest i'w gwylltio hi.

'Rŵan, rwyt ti isio siwgr?' meddai Nan, fel 'tase hi wedi colli 'nabod arna i, dros nos. 'Ond dim ond un cwpan sydd gynnon ni!' Fy ngwallt i'n dal yn wlyb, a ninnau'n sefyll yn yr union fan lle roedd gwledd Gwener Groglith yn cael ei chynnal. 'Be nesa'?' meddai hi.

A be allwch chi 'i wneud, mewn sefyllfa fel'na, 'blaw edrych dros ysgwydd rhywun. Ar yr afon yno. A gwybod nad oedd gan Nan ddim gronyn o syniad pa heddwch oedd i'w gael yno. Hyrddio fforcen i mewn i 'mwyd yn reit handi oedd yr unig beth i'w wneud. Bwyta stampot. Dim ond stampot. A 'tydi hwnnw ddim byd mwy na *bubble-and-squeak* hefo enw crandiach. Enw y daeth gŵr Anti Esther Emily â fo'n ôl o'r môr – wedi gorfod meddwl am ffordd posh o wisgo bwyd tila.

Bwyd felly gafodd y Frenhines Fictoria yn Palé: *anguille durand.* Roedd lleden chwithig ar y *menu* ond nid yn y siop felly doedd dim byd amdani ond gwneud y tro hefo penhwyad a 'slywen. A dyna'r cwbl ydi *anguille durand.* Un wedi'i stwffio y tu mewn i'r llall. Meddyliwch y siom: disgwyl cael rhywbeth crand, mewn Ffrangeg da, a chael dim byd ond pysgod blas mwd. Neu yn f'achos i, y bresych neu beth bynnag adewais i ar ôl y noson cynt, wedi'i ailwampio i ginio'r diwrnod wedyn.

Bwyd oedd y byd i mi, yr wythnos honno. Ro'n i isio popeth allwn i ei ddychmygu, un ar ben y llall, ar un plât, ddim ots ym mha drefn. Ac mi fues i'n ffantasïo bwyta fel y Brenin, neu fel y Frenhines, gan 'mod i'n gwybod yn union beth oedd ar ei phlat hi pan gafodd hi swper yn Palé. Mae'r *menu* mewn ffrâm fach yn y gegin, wrth swits y cwcer, â '*Menu*' wedi'i sgwennu hefo cyrlen anferth i'r 'M'. Dod i ni ar ôl rhyw hen anti fuodd yn gweini yno wnaeth o. Roedd yna eidion, tafod, grugieir: hanes bwyd lleol ar blât, ond mewn Ffrangeg ar y *menu*. Ac erbyn i'r Frenhines fod yn bwyta yn Palé, roedd hi'n andros o hen. Mor hen, felly, fel bod y Queen Victoria's Rifles ddim ond yn meiddio prynu ceffylau du cynhebrwng ers blynyddoedd, rhag ofn. Felly, os oedd pob swper yn swper ola, sut oedd rhywun yn penderfynu beth i'w roi ar blât y ddynes? Rhoi popeth iddi, jest popeth o fewn cyraedd. Ac roedd y syniad o bopeth ar blât yn plesio, strôc ar ôl strôc. Felly ro'n i'n medru mynd yn fy mlaen. Strôc: be sydd i bwdin? Strôc: brechdan siwgr. Strôc: brechdan saim. Heb feddwl am drefn iawn pethau. Dychmygu *menu* y frenhines yn hofran jest allan o 'nghyrraedd i; adrodd y peth wrth nofio: *potage à la crème de riz, les croquettes à la Russe, le boeuf braisé, les épinards.* 'Does yna sŵn blasus iddyn nhw? Er 'mod i'm yn siŵr be'n union yden nhw i gyd, chwaith. Ond, Duw, roedd dychmygu'r hyn allen nhw fod yn helpu. Oglau'r stemio a'r ffrio; stwffio cig mewn asbig; mewn saws; chwysu nionod, chwipio wyau. Meddwl pa un o bwdins y Frenhines fyddwn i'n ei ddewis: yr *ice ginger cream*, nid y *souffle*, debyg.

Mae'n rhaid eu bod nhw wedi bwyta'n gynddeiriog o gyflym hefo *menu* mor hir, a dim ond un noson i fwyta'r cwbl. Bwyd yn pasio gweflau mor gyflym – feddylie chi fod y grugieir yn dal i fedru hedfan, a nodyn neu ddau o'u cri nhw, 'go-bac go-bac go-bac,' bychan, rhwng clegar siarad a sŵn llyncu.

'Se chi'n meddwl 'mod i'n drysu. Ro'n i'n clywed pethau fel'na wrth nofio. 'Go-bac go-bac' a bwyta. Ac wedyn cyrraedd rhyw lan i gael pryd mewn sosban, glafoerio stampot, menyn, digon o bupur, sbâr grefi, *condensed milk* a *peaches* yn syth o'r tun. Y *syrup* a phopeth. Dau dun. Rhawio bwyd. Nan yn edrych arna i fel 'tawn i wedi colli pob tamaid o 'moesau.

Yn Palé, mi welwch chi'r Frenhines Fictoria. Mae hi ar y ffordd i'r toiledau. Golwg go surbwch sydd arni, mewn llun hefo'r staff i gyd. Dwy foch fel maip a gwefusau main, ar ddweud, 'Rydw i ar fin pwmpio. *Watch out.* Sori, ond y swper yna . . .' Ond wrth reswm, ar ôl swperau fel y rheiny, oes syndod fod y ddynes yn faril o beth? Nofio'r afon ddylai hi fod wedi'i wneud, nid ei pheintio hi. Gallwn i fod wedi bwyta'n union yr un faint â hi heb roi owns ymlaen.

· ·

Cysgu jest yr ochr arall i Blas Crogen wnaethon ni y noson gynta. Golwg tŷ wedi sbrowtio sydd arno fo, heb ddim o urddas Palé. Yno, mor agos i 'nghartref i, cafodd Gwilym Brewys ei grogi am fynd i'r afael â gwraig Llywelyn Fawr. Mae rhywbeth enwog ar drothwy pawb, on'd oes? Rhy ddel ydi Crogen, er hynny, i chi ddychmygu crogi rhywun yno. Ond nid Crogen-Crogen fel y mae o heddiw oedd yno yn y drydedd ganrif ar ddeg, yn gerrig gwelw ac yn giwt i gyd. Dim ond tŷ ar safle Castell Crogen ydi o: Crog-en; Cro-gi, a'r castell gwreiddiol yn ddim ond tomen yn y buarth erbyn hyn.

'Gwneud yn dda wnaethon ni, yn achub y gadair 'na,' meddai Nan, yn sôn am y gadair swsian. O Crogen y daeth hi'n wreiddiol, wedi dod i ni drwy rywun yn y teulu oedd yn gweithio yno a Mam yn ei pharchu drwy roi ieir i ddodwy arni. Mae pawb yn y byd yn berchen ar rywbeth sy'n fwy gwerthfawr nag y gallen nhw erioed fod wedi'i brynu. Ac roedd Nan yn iawn; gwell siarad am y sêt nag am Gwilym Brewys gerfydd ei wddw neu ffraeo am lwyed o siwgr. Ac fe gysgon ni'n browd ohonon ni'n hunain y noson honno, yn cofio'r rhamant od o roi 'polstri newydd ar hen gadair hefo'n gilydd.

Synnech chi pa mor gyfforddus ydi cysgu mewn car.

'Mwy cyfforddus na dy gadair Crogen di,' meddai Nan, finnau wedi cyrlio am y brêc yn y sêt flaen yn altro fy siâp bob yn hyn a hyn, rhag cyffio. 'Cysgu fel cyrlars.' Dyna ddwedodd hi. Cefn sêt neu handlen brêc rhyngon ni, a ninnau wedi arfer bod yn yr un gwely ac estyn allan am y llall yn y nos. Deffro ddim yn siŵr lle roedd y goes hon na'r fraich arall, roedden ni'n fwndeli mor od. Ac wedyn drysu, a hithau'n gwisgo fy sanau i ac edrych fel corrach. Waeth iddi fod wedi'u cael nhw, ddim. Doedd dim angen dillad arna i, nag oedd?

Yn y boreau, roedd Nan yn eistedd yng nghanol y 'nialwch yng nghefn y car ac yn bwyta hanner ei brecwast. Rhoi hanner i mi. Ei heglu hi wedyn, ar ôl piso y tu ôl i'r gwrych – past dannedd yn fwstásh arni – ar drywydd siop gynnes. 'Falle fod y trip wedi bod yn anoddach iddi hi nag i mi.

Ac mi fyddwn i, yn y bore, yn gorwedd ar fy nghefn mewn dŵr bas ac ymlacio, cau fy llygaid, teimlo'r dŵr. Roedd o fel cyllell barbwr ar fy ngwar a'r swigod 'ma i gyd yn cosi 'ngwasg ac yn mynd i mewn i 'nghesail. Agor fy llygaid ar ôl plwc a ffeindio nad oeddwn i wrth y lan ond yn llithro heibio – rhyw ddwy filltir yr awr, yn ddigon del – a heb deimlo hynny. Ac yn Edeirnion, mi wnes i edrych i fyny, a meddwl: bu Mam yma. Mam, hefo'i hedau a'i nodwydd, yn cwiltio caeau, yn gwau waliau.

Wedi meddwl, roedd 'na Grynwyr yn y teulu yn rhywle. Rhyw sôn am chwaer i chwaer i rywun yn un o'r Crynwyr aeth i Pennsylvania a bod teulu coll gynnon ni yn rhywle yn America, 'tasen ni'n chwilio. Natur cwiltio'r Crynwyr oedd ganddi, siŵr o fod. Ac yn mynnu weithiau gwneud un peth o'i le, achos mai dim ond Duw oedd yn gant-y-cant berffaith. Cyfleus.

Mi gerddais i mewn i'r tŷ un noson, a'i gweld hi'n brathu'r edau ar ôl y pwyth olaf ar gwilt. 'At Ron,' fyddai hi'n ei ddweud, 'cwilt, at *later-Ron*, rhag ofn.' Fel petai dim digon ganddi'n barod.

Un crand oedd y cwilt, â phwyth pluen yn dal trionglau ar siâp sêr – hynod o beth – lliwiau'r Berwyn ganol Awst, llond ei groen o borffor gwyllt, lliw llechen, deiliach gwydn, eithin melyn a rhedyn wrthi'n troi'n waed. A hwnnw'n tywallt ohoni fel 'tase hi'n ddynes o Oes Fictoria oedd wedi cerdded allan o ryw lun, hi a'i rholiau o ffrog anferth, ac wedi eistedd mewn cadair yng nghornel y gegin.

Felly, nofio yng nghwilt Mam oeddwn i, yng nghysgod Awst o Gwm Pennant hyd gwm Nant y Pandy.

'Faint gostiodd o i chi 'te, Mam?'

'Decswllt,' meddai hi. Ac mi awgrymais y dylai hi bennu pris – rhyw bumpunt mewn siop? – ac wedyn gadael i mi ei brynu fo.

'Ac i be 'se ti'n g'neud hynny?' meddai hi.

'Beth am anrheg priodas i Pete Cheesman, 'lly?' meddwn innau. Dweud ei fod o wedi priodi efo'r hogan oedd yn Palé erstalwm, Charlotte. Roedd hi'n gwybod pa'r un.

'Ddylen ni roi anrheg priodas i Peter, ydech chi ddim yn meddwl, Mam?'

'O, na,' meddai hi ar ei hunion. 'Tydi *hi* ddim gwerth hynny.' A minnau ddim callach fod Mam yn sylwi ar y pethau 'ma. Cwilt Awst sydd ar fy ngwely i rŵan.

Ac felly roeddwn i'n ail-fyw drwy nofio. 'Falle mai dyna pam fod Nan a minnau'n deall llai a llai ar ein gilydd wrth i'r dyddiau basio. Minnau'n llusgo carpiau o atgofion o'r gwaelodion ac yn trio 'ngorau glas i roi trefn arnyn nhw. A Nan wedyn, yn methu 'nilyn i i'r fan honno, hyd yn oed os oedd hi'n dilyn yn llythrennol yn y car. Poeni ei phen hefo pethau fel fi'n bwyta bedair gwaith gymaint ag oedd ganddi hithau ar ei phlât oedd hi, ac ofn na fyddai gwerth mwy na deuddydd o facwn yn cadw yng ngwres y bŵt: manion. A hynny'n ei gwthio hi'n bell.

O'r bliw, un bore, wrth rannu paned, dyma ddwedodd hi. 'Mi oedd Anni'n deud,' – ei chwaer hi, hynny yw – 'hwyrach y gallet *ti* fod yn iawn, a *ni* yn rong.' Wyddoch chi, am y busnes Dolgellau yma. A'r Ddyfrdwy, a'r prid.

Ond doedd erioed gwestiwn wedi bod, rhyngon *ni*, Nan a fi, 'mod i'n ddim byd *ond* iawn. Fe allai hi fod 'chydig yn dawel am y peth, a ddim hanner mor amddiffynnol o'n hawliau ni ag yr hoffwn iddi hi fod, ond dyna'r cwbl.

'A be ddwedaist ti wrthi?' meddwn i. 'Beth ddwedaist ti wrthi?'

'Mi ddwedais i, na,' meddai Nan. 'Na. Na allet ti ddim bod yn iawn.'

Tynhaodd flanced amdani a llowcio te yn swnllyd. Heb ei rannu, chwaith.

'Be ti'n da yn fa'ma, 'te?' meddwn i. 'Yn y Bryntirion, mi ddwedaist ti nad oeddet ti'n coelio pawb arall. Dyna ddwedaist ti . . .'

'Wel,' meddai, 'mae hynny sbel go hir yn ôl. Ro'n i wedi dotio arnat ti, 'doeddwn, dros ben llestri 'lly.'

'Ara deg, rŵan,' meddwn i. 'Liciest ti erioed 'mo'r afon ryw lawer ond mae hyn yn rhywbeth arall . . .'

Wel, on'd oedd o? Doedd hi erioed wedi bod mor wrthun. Aeth hi ymlaen hefyd a dadlau ei bod hi wedi mynd yn rhy hwyr i ferch wrthwynebu, wedi sylweddoli pa mor ddifrifol oeddwn i am y peth go iawn. Siarad amdani hi ei hun fel rhywun arall a, 'Rwyt ti *wir* yn ei feddwl o, on'd wyt ti?'

Wyddoch chi be? Mi allwn i weld llun ohoni yn fy meddwl, wedi nofio hanner ffordd i mewn i Lyn Tegid, heb un Ifor o unrhyw ddisgrifiad, cyn sylweddoli fod pawb arall wedi aros ar y lan. Y math yna o ddychryn oedd ynddi: ei hwyneb wedi rhewi ond cryndod yn dod o'i bol. Yn amlwg, doedd hi ddim yn fy nghoelio i, fwy na fyddai'r postmon neu ddynes y siop.

'Ond dal yma wyt ti, hefyd,' meddwn i, bron bob dydd yr wythnos honno.

'Dal yma,' fyddai hi'n 'i ddweud, ac edrych hyd yr afon. A minnau'n deall pa mor ddiawledig o 'styfnig oedd y wraig yma oedd gen i. A wyddoch chi be, mi fyddai hithau'n cytuno ac yn dweud fy mod i'n 'Amhosib,' a phasio'r te yn ôl i mi heb ei yfed.

Allwn i wneud dim byd ond dymuno bod yn ôl o dan y dŵr a dengid oddi wrth y tir sych. Isio cwmni gwas y neidr glasfaen – yn eu miloedd – yn chwipio blaen fy nghlustiau, a glas y dorlan fu'n fy hela i. Isio dweud, 'Bw!' wrth frogaod a nhwythau'n dangos mwy o chwilfrydedd nag ofn. Cymerais y te gan Nan, a'i orffen yn dawel.

Triais i ddweud stori go sbesial wrthi pan oedden ni'n treulio'r noson mewn lle gogoneddus, o dan Bontcysyllte, lle mae'r Ddyfrdwy uwch eich pen chi yng nghamlas y bont ac islaw yn yr afon – fel ei bod hi ym mhobman – digon i wneud dyn yn wantan. Pont heb garreg ateb ydi hi, honno, sy'n golled, ond be allwch chi 'i wneud hefo pedwar bwa ar bymtheg, gan troedfedd ar hugain uwch eich pen chi, ond maddau iddi ei diffyg carreg ateb? Cawr o neidr gantroed ydi hi, wedi cerdded allan o hunllef rhywun, ond yn harddach, bob strôc, o bellter byd wrth i chi nofio ati'n ara deg. Ac ro'n i'n trio dweud hanes crëwr y bont, Thomas Telford. Rhywbeth i ymestyn dros y gagendor rhyngon ni. Be well na stori? T. T. a'i fol anferthol, mor ogoneddus o dew nes bod dim gobaith iddo fo fedru nofio'r afon a chael yr olygfa orau un o'i bont fawr grand. Fe gerddais i fel dwmpen o iâr o un pen i fwa'r bont i'r llall hefyd, yn cogio bach bod yn Thomas Telford fy hun. Doedd dim byd yn tycio. Ond nid o'r afon, fel fi, roedd Nan wedi gweld y bont chwaith.

Soniais i am hanes Robertson Palé. Mi ddylai hi gofio pwy oedd hwnnw. Peth od ydi hanes, fel dŵr afon yn carlamu drosto'i hun a throi amdano'i hun. Dyma lle roedd yr hen Robertson eto. Wel, fo oedd peiriannydd lein drên Amwythig-Caer, ac wedi bod yn adeiladu'r draphont i gerbydau sydd ddim ond tafliad carreg o bont ddŵr fawr Thomas Telford. Ac ro'n i'n medru gweld y ddau, meddwn i wrth Nan – Robertson a Telford – yn gwgu ar ei gilydd. Robertson yn cyrraedd yr ardal ryw hanner canrif ar ôl Telford, yn adeiladu pont garreg o'r un mowld, ond ei bod hi dri deg troedfedd yn uwch ac yntau'n dweud, ''Drychwch maint f'un i!' Pontydd i beiriannydd, fel 'sgodyn i 'sgotwr. Roeddwn i'n bles hefo'r foment fach honno o wrthdaro rhwng y ddau, na ddigwyddodd erioed ond yn fy mhen fy hun. Ac yn meddwl y byddai Nan yn chwerthin. Ac roedd gen i andros o lot o hanesion i'w hadrodd wrthi am yr hyn a'r llall hyd lan yr afon.

A Robertson, cyn adeiladu, yn ffraeo hefo ffarmwrs. Nid dychymyg ydi hyn rŵan. Giang o fois lleol yn dod ar ei ôl o wrth iddo fo drio gwneud arolwg o'r tir, nes iddo orfod mynd fin nos, yn slei bach. Fyntau ddim yn gwybod lle roedd y corsydd neu lle roedd canghennau isel, peryg o roi tolc ym mhen rhywun; sut i fynd ar hast drwy'r mieri, lle i guddio. Pwy oedd yn ffrind. Mae rhywun yn dysgu'n go handi os oes criw lleol, blin yn ei ddilyn o, liw nos. Gwneud i mi feddwl am ein Peter Cheesman ni, yn dysgu, yn gorfod dysgu'r pethau nad ydi pobl fel fi a Nan erioed yn cofio gorfod eu dysgu. Pobl sy'n byw ar ochr afon. Pobl a brithyll ynddyn nhw. Pobl sydd wedi arfer efo'r cysur ac efo'r peryg o gadw cwmni hefo dŵr. Ond Robertson, a Pete ganrif ar ei ôl o, a channoedd o bobl drwy hanes, yn gorfod dod i ddeall y Ddyfrdwy.

Dangosais i Nan, ar hyd yr afon, lle roedd y lein drên yn dilyn yr afon bron bob cam, yn brawf o'r ffaith fod Robertson wedi deall yr afon, deall mai hi oedd yn gwybod orau ac felly wedi gwneud yn siŵr fod ei drên o'n dilyn ei llif hi. Dim ond drwy nofio yn Edeirnion y cewch chi'r teimlad eich bod chi'n bell o drên os ydech chi yn yr afon. Trio rhannu oeddwn i, ac esbonio'r hyn oedd hi ddim yn ei weld o'r car. Isio i Nan ddeall ychydig – rhywbeth – fod ymddygiad Robertson yn Pete, fy nhad ynof finnau, a'r cwbl yn yr afon. Gweld wrth i ni deithio yn ein blaenau – nid dim ond fi, ond hithau hefyd ar y daith – trefi wedi eu lwmpio'n lletchwith am yr afon, efo tipyn bach o angen a thipyn bach o ofn. Eu siâp nhw'n dueddol o ddangos dealltwriaeth o'r dŵr, be allai ddigwydd 'tase'r bwystfil yn cael ei ryddhau. Y ffordd mae afon yn effeithio ar siâp tref; rheilffyrdd, ffyrdd, peirianneg, diwydiannau – gwneud nodwyddau, snyff a fflint a melinau blawd – pob un wedi bod yn ddibynnol ar ei dŵr hi. A'r cwbl, oherwydd f'afon i. Isio i Nan deimlo mor browd â fi. A balch dros ei phlant am y ffasiwn etifeddiaeth.

Ond wrth i ni noswylio o dan Bontcysyllte, a'r awyr yn bygddu lle roedd y bont yn cuddio'r sêr, mae'n debyg fod hynny i gyd wedi bod yn ddibwys i Nan, wedi'r cwbl. Yr unig beth oedd ganddi i'w gynnig oedd, 'Pa hawl sydd gen ti ar y Ddyfrdwy fwy na sydd gan Lerpwl ar Dryweryn?' A doeddwn i ddim hyd yn oed wedi bod yn siarad am stori Tryweryn. Lle ar wyneb daear oedd ei dychymyg hi wedi crwydro tra oeddwn i'n siarad? Finnau wedi osgoi siarad am Dryweryn yn fwriadol – 'tydi honno'n stori a hanner. Dim ond hen straeon oedd gen i. Peth dan din oedd codi rhywbeth fel'na.

Oedd fy ngwraig i'n credu 'mod i cynddrwg â Lerpwl, 'te corddi'r dyfroedd oedd hi? Meddyliwch, roedd trosedd Lerpwl ar fin newid f'afon i. Newid afon ei phlant hi. Ni'n dau, cofiwch – ni'n dau yn gobeithio'r gorau a gwaredu'r gwaethaf, y byddai rhywun yn rhoi stop ar yr holl beth.

Dim ond ychydig ddyddiau cyn hynny roedd y ddau ohonon ni ar ddechrau'r daith ger slwsgatiau newydd y Bala, a'r rheiny yno'n barod i reoli'r dŵr o Gapel Celyn. Wedi edrych ar y llanast hwnnw ac edrych i fyw llygaid ein gilydd ac ysgwyd ein pennau'n gytûn.

'Mwy o ddrwg,' meddai hi.

'Ie.' Dim ond twristiaid a phobl efo cŵn sy'n mynd at slwsgatiau'r Bala, felly doedd gen i byth bron reswm i fynd yno. Ond gan ein bod ni yno, allech chi ddim peidio cydnabod presenoldeb y giatiau, yn arwydd digamsyniol o'r newid i ddod.

Allai Nan ddim fod wedi camddeall fy marn i am ymyrraeth Lerpwl. Tarfu ar drefn naturiol pethau oedden nhw. 'Radeg honno, ro'n i'n arfer nofio mewn dŵr araf. Dyna i chi ryw filltir uwchafon o Langollen, lle roedd nofio'n osgeiddig drwy ddŵr bas. Heddiw, ar ôl boddi Capel Celyn, fe fyddai'ch pen chi'n cael ei chwalu'n ulw yn erbyn craig gan rym y dŵr. Dŵr gwyn sydd yno, gwell i bobl mewn canŵ na fi mewn trôns. Mae cyfeiriad yr afon a defnydd ei dŵr ar ddiwedd ei thaith yn cael effaith arni o'r cychwyn un. Dyfrdwy lân ddi-Lerpwl oeddwn i'n ei nofio.

Ond rŵan, dyma fy ngwraig yn fy nghyhuddo i o *fod* cynddrwg â Lerpwl!

Dechreuais dorchi'n llawes, i ddangos yr wythïen. Ond, wyddoch chi, mae 'na adegau, pan ydw i o dan bwysau, neu mewn amgylchiadau chwithig, pan na fydd hi ddim yn ei dangos ei hun yn glir. Fel petai nofio'r Ddyfrdwy yn tawelu'r afon ynof fi.

'Dwyt ti ddim yn meddwl 'mod i wedi'i gweld hi'n barod?' meddai Nan a'i thôn hi'n dweud, 'Dwyt ti ddim yn meddwl 'mod i wedi gweld nad ydi hi'n bodoli, yn barod?'

Roedd yr wythïen yn wan bob tro y down i allan o'r dŵr. Ac yn glir o dan y dŵr. Clir, fel mae lliwiau cerrig yn fwy byw, yn fan'no.

. . . .

Mae 'na lefydd lle na ddylai neb nofio. Rhaeadr y Bedol yn un, lle mae'r gored siâp pedol yn creu pwll llonydd o ddŵr afon cyn iddo gael ei lywio i gamlas Llangollen. Gorfod cerdded rownd fu raid i mi, drwy'r gwartheg duon yn yfed o'r lan. Eu dychryn nhw. Dyn bron yn noethlymun yn hop-sgotsian rhyngddyn nhw i gyrraedd yr ochr arall, fel'na! Mewn lle mor llonydd. Lle hyfryd, ond digon abl i larpio corff dyn a'i boeri allan hefo'r darnau i gyd yn y drefn anghywir. Wedi dweud hynny, cofiwch chi, os oeddech chi'n meddwl mai doeth oedd camu allan o'r dŵr yn fan'ma, does dim byd fel pwll tro pont Llandderfel adre 'cw, chwaith. Gwerth dod allan, felly. Wedi'i gwneud i edrych yn dywyllodrus o fwyn mae Rhaeadr y Bedol. Fel llun. Haul yn taro'r dŵr fel drych. Y math o heulwen oedd yn tynnu ar lygaid rhywun fel disgyrchiant. Ac mi safais mewn baw gwartheg bob cam. Fy nhraed i'n trio nofio ar dir sych ac yn cambihafio. 'Nôl i mewn i'r dŵr ar y lan arall a hwyaden wyllt yn crafu'r afon wrth 'i heglu hi'n reit handi wedi fy ngweld i'n dod tuag ati.

Mi ddringais allan yn Llangollen hefyd, a hithau'n fin nos braf a'r dŵr mor gynnes ag oedd o'n mynd i fod, am y diwrnod. C'warfod criw o fechgyn oedd yn eu wai-ffrynts ac yn neidio o'r bont, i'r pwll uwchafon. Pob un ohonyn nhw'n gweiddi: 'Dwi isio bod yn . . .' – rhywbeth neu'i gilydd wrth fynd, a sblash. Dwi isio bod yn gyflym, Great Balls of Fire, aderyn, Billie the Kid. Dwi isio bod yn afon! Llosgi tin rhywun oedd neidio fel'na. Ac ambell un o'r bechgyn yn dal i loetran ar y bont, ddim yn siŵr be oedden nhw isio bod neu oedden nhw isio neidio o gwbl. Fe gollodd dau eu tronsys wrth ddod yn ôl i fyny. Isio bod yn Spencer Tracy oedd un. Mi ofynnodd hwnnw i mi pam 'mod i'n nofio, a doedd dim un ateb yn ei blesio fo. 'Pam,' oedd ganddo fo eto, wedyn, 'pam hynny?' Yn y diwedd, mi ddwedais i, 'Am 'mod i'n medru.' Ddylwn i fod wedi dweud, 'I gau cegau pobl.' Achos dyna oedd o yn y bôn. Mae George wedi nofio'r Ddyfrdwy; mae'n rhaid mai fo sydd bia hi hefo ymroddiad fel'na. Nid fod hynny wedi gweithio.

'*Accidental Death*', medden nhw, gafodd Nan. Lol botes! Wedi dechrau ffeindio pethau oedd ddim yno o'r blaen, oedd hi. Crafu pointin' y tŷ a ffeindio darnau o hen blatiau, pot cetyn. Tynnu'r tŷ yn ddarnau, pigo'r pwythau fel petai hi'n gwybod ei bod hi'n datod.

Ffeindio cwpan heb ei soser rhwng dwy garreg – yn gyfan, cofiwch – yn y wal, a marblis a botymau glas. Gwneud i chi feddwl beth oedd ar feddwl y boi adeiladodd y lle.

Mynd yn anghofus oedd hi, fel gwnaethai Charlotte Cheesman, dair mlynedd ynghynt.

'Am be wyt ti'n chwilio?' fyddwn i'n ddweud.

'Dim,' meddai hi, a chwilio, dal ati i chwilio beth bynnag.

Ac roedd yr holl chwilio'n gwneud i mi feddwl fod yna, 'falle, rywbeth i'w ffeindio, rhywbeth y dylwn i fod yn teimlo'n euog amdano. A finnau'n meddwl am Charlotte yn ymddwyn fel Nan, ddim yn deall lle roedd hi, neb yn y tŷ i'w holi a dweud, 'Rwyt ti adre,' a Pete wedi marw'n barod. Neu anghofio bod Pete wedi marw a chwilio amdano? Yn rhoi gormod o hwn a dim o'r llall yn ei phicl.

Anghofiodd Nan lle roedd y llwyau pren, beth oedd cardigan, pwy oedd D. H. Lawrence, beth i'w wneud hefo mwstard a'i fwyta fel iogwrt. A gorfod gofyn, o hyd. Rhyw hanner cof ganddi ei bod hi'n gofyn yn aml, hynny'n gwneud iddi wingo. Jest digon o frêns ar ôl i wybod nad oedd hi'n llawn llathen.

Stwffio'i dwylo reit i waelod pocedi melyn côt nos. Pocedi dyfnion. Esther Emily. Nofio mewn dŵr môr. Pwythau plu Mam. Ond fy atgofion i ydi'r rheiny – pa atgof oedd hi'n chwilio amdano fo, lawr 'na? Ac mi fyddai hi'n edrych arna i, yn wyllt hefo hi hun, ac yn gofyn yn eiddil, sut mae gwneud hyn? Sawl mab sydd gen i? Ac ydi siŵr Dduw, mae o'n drist, ond triwch chi gael rhywun yn gofyn hynny i chi ddwsin o weithiau mewn hanner awr a gorfod ateb yn glên. Ro'n i jest hynny-fach i ffwrdd o fod isio taflu platiau yn erbyn y wal fy hun. Dyna i chi esbonio'r holl lestri rhwng cerrig y wal 'falle. Fod hyn wedi digwydd o'r blaen.

'Tydi atgofion yn union fel yr wythïen 'ma, mewn dŵr afon. Yn fwy byw. Dyna beth oedd arni hi ei angen.

Gorau arf, arf dysg. A be wedyn, pan mae gan rywun ddigon o ddysg i wybod ei fod o'n ei golli?

'Deffra fi 'fo rhywbeth cryf,' oedd ei geiriau ola hi. Dyna fyddai hi'n ei ddweud pan oedd ganddi ffliw ac isio *hot toddy* ar ei heistedd, cyn codi, yn y bore. Ond doedd y ffliw ddim arni a doedd hi ddim yno pan ddeffrais i.

Sawl tro, mi fethon ni ffeindio cyrff yn y pwll tro tu hwnt i bont Llan, er bod tîm ohonon ni wrthi. Nid eich bod chi isio ffeindio rhywun ar ôl i hyn-a-hyn o amser fynd heibio. Bendith peidio. Mi gofia i un ddynes yn cael ei thynnu allan mewn ffrog goch, ei gwefusau hi fel mwyar duon, ei bol a'i hysgyfaint yn drwm o ddŵr a'i chroen hi'n dew ac wedi'i fwyta gan . . . hoffwn i ddim meddwl be. 'Slywod yn swyddogol. A'i gŵr hi'n dweud ei bod hi wedi bod ar goll ers deuddydd a hithau'n amlwg wedi bod i lawr yno gymaint hirach, o stâd sebonllyd ei chroen. Ddaeth dim byd o hynny, er bod y mater wedi bod o dan y cloc a chyfreithwyr y ddau deulu'n ffraeo. Mae'n dipyn llai o drafferth, 'tydi

– i'r cwrt gyhuddo dynes farw o neidio i'r pwll tro am ddim un rheswm penodol. Haws coelio geiriau ei gŵr hi, unrhyw ddyn, yn hytrach na thystiolaeth afon.

Lle brawychus. Fydda i ddim yn mynd yno heddiw.

Dim ond stori ydi'r ddynes ffrog goch, bellach. Wyddwn i ddim tan oedd hi'n rhy hwyr fod y ddynes yn chwaer i ŵr yng nghyfraith cefnder Nan a bod Nan wedi bod ynghlwm â'r ffraeo a'r galar pan ddiflannodd y ddynes. Fy Nan i. Ond mabwysiadu fy fersiwn i wnaeth hi hefyd, yr arswyd a'r, 'Peidiwch chi â mynd ar gyfyl y lle, blant...' Un ffordd neu'r llall, roedd arwyddocâd i'r lle.

'Trist, trist iawn 'di clywed,' oedd pobl yn 'i ddweud pan ddaeth y stori i hawlio Nan. Edi Rwden ymysg llawer, 'Trist clywed.' A minnau ddim ond isio prynu'n swper, dweud wrtho, 'Hwdia d'arian,' a mynd o'no. Doedd affliw o bwys gen i a oedd y newyddion yn drist, yn ypsetio diwrnod pobl fel Edi Rwden.

Mi fydda i'n meddwl amdani, w'chi, düwch Dyfrdwy ddofn uwch ei phen hi, oddi tani – i bob cyfeiriad – a chorff Nan yn ei chôt nos, fel tylluan wen â'i hadenydd ar led. Trist? Hunllefus.

Mi wnaethon ni ffeindio ambell beth i gytuno arno fo hefyd, Nan a fi, yr wythnos honno pan oeddwn i'n nofio. Y pethau bychain sy'n gwneud bywyd yn haws rhwng gŵr a gwraig: mai sgonsen gan ddynes ffarm o ochrau Llangollen oedd un orau'r wythnos, fod y ceiliog ddeffrodd ni'r trydydd bore angen ei roi mewn stiw, fod 'rochr yma i Overton yn syndod o ddel ond

Holt yn hen le blin. Roedden ni'n hollol gytûn am y rheiny.

"Sgen i'm awydd stelcian yma,' meddai Nan ar ôl dim ond llowcied o'i phaned yn Holt, a minnau ar fin dweud yn union yr un peth, a nofio o'no. Tymer sydd yno. A dŵr drwg. Mi soniais i am y dyn yn dwrdio ar y bont, yn'do? Wel, roedd hynny, ac roedd y bont ei hun. Dim patsh ar yr hyn roeddwn i wedi'i ddisgwyl. Dyna ddysgu rhywun i beidio â gwneud gwaith ymchwil drwy edrych ar luniau wedi'u peintio. Copi llyfr o *Holt Bridge on the River Dee* gan Richard Wilson welais i. Gwneud i gefn gwlad Lloegr edrych fel rhywbeth bugeiliol, golwg Ffrengig arno fo, a rhyw goeden o Siapan yn ffrâm am y bali lot! Ddylwn i fod wedi gwybod yn well.

Prin y mae'r afon yn gostwng llathen bob milltir am yr ugain milltir ola. Fyddech chi ddim yn deall fod y dŵr yn symud, heblaw am y dail sy'n mynd yn eu blaenau ar yr wyneb yn profi i'r gwrthwyneb. Od o beth ydi gweld prawf fod rhywbeth yn symud a'r ymennydd yn taeru ei fod o'n hollol stond. Anodd oedd nofio yno, hefyd. Mae'r môr yn dechrau bod ynddi, ac mae hynofedd gwahanol i ddŵr hallt. Mae o'n gafael yng nghorff rhywun nes gwneud i chi deimlo'n arbennig o saff. Ac wedyn, dim ond wedyn, y gwelwch chi pa mor llym ydi o ar eich croen chi. Mae dyn yn blino heb sylwi hynny nes i'r halen wneud pethau od. Gwneud i rywun deimlo'n hen, wedi ail-fyw mwy na'i siâr. A hyd yn oed petai Nan wedi trio estyn ata i'r noson honno, o'r sêt gefn i'r sêt ffrynt, dwi'n amau fyddwn i'n wedi medru dioddef rhywun yn cyffwrdd fy nghroen dolurus i.

Cryf oeddwn i ar y tu mewn hefyd, cofiwch. Wel, on'd oedd y Ddyfrdwy'n dew yno' fi erbyn hynny. Finnau bron â gorffen. Bron â bod yn barod i fynd adre a dweud, 'Mi wnes i o, mi wnes i o.' A'r diwrnod ola ond un, dweud wnaeth Nan ei bod hi wedi cyfrif faint o arian oedden ni wedi'i wario dros yr wythnos. Wel, doedd gen i'm rhyw lawer o ddiddordeb yn hynny – allwch chi goelio, dwi'n siŵr. Beth bynnag, mae'n debyg 'mod i wedi bwyta gwerth mis o fwyd. 'A'i gachu o yn y gwrychoedd,' meddai hi. Mi fuodd hi'n dadlau am bris hyn a'r llall am sbelen, fel 'tase hynny'n mynd i ddod â diwedd y byd. Ond y gwir amdani oedd ei bod hi'n chwilio am ffrae. Roedd hi'n hawdd gwybod pan oedd Nan wedi'i weindio, w'chi. O'r holl bigo ar ei wingars a'r holl, 'Go drapia,' oedd hi'n ei ddweud yn sydyn reit.

'Mi roi di'r gore i hyn, fory, yn gwnei di?' meddai hi yn y diwedd. 'Unwaith mae hyn drosodd.'

Wel, 'Rhoi'r gore i beth?' medde fi. Y nofio? Wel na, doeddwn i ddim ar roi'r gorau i hynny. Rhoi gorau i nofio bob dydd fel yr oeddwn i, mynd yn ôl i weithio siŵr iawn. Ond nofio, dim ond nofio, 'tydi hynny ddim yn brifo neb. Ac i be faswn i'n rhoi'r gorau iddi, fyth?

Ond nage, nid dyna oedd ganddi.

'Doro'r gore i'r siarad 'ma,' meddai hi. Wyddoch chi, am y Ddyfrdwy a fi a'r prid a ballu. 'Rhoi'r gore i'r siarad diddiwedd yma,' meddai hi. 'Trio perswadio pobol ddiniwed mai ti sydd berchen yr afon.'

Diwrnod, dim ond diwrnod cyn cyrraedd y diwedd. Fel petai hi heb ddeall dim. Wel, dyma oedd ei dechrau hi, nid ei diwedd hi. Roedd gen i rywbeth gymaint mwy i siarad amdano, rŵan, on'd oedd?

A beth am y gair 'diniwed' yna ddefnyddiodd hi – 'pobl ddiniwed'? Dewis od ar y naw – fydda i'n dal i feddwl. Fel arall ro'wn i wedi'i gweld hi, wastad. Os oedd rhywun yn ddiniwed yn hyn – dario, fi oedd wedi cael fy landio hefo'r cyfrifoldeb. Fi oedd wedi gwrando ar bobl yn dweud 'mod i'n dweud y celwydd a finnau ddim. A gwrando ar bethau llawn gwaeth na hynny, hefyd. A dyna lle roedd Nan yn dweud – roedd hi wedi dechrau pledio arna i erbyn hynny, cofiwch – 'Doro'r gore i'r lol 'ma, George, ar ôl i ti gael y nofio mawr 'ma allan o dy waed.'

Sôn am waed: roeddwn i wir yn teimlo mai curiad 'rafon oedd yn fy ngwaed i erbyn y diwrnod hwnnw. 'Mod i wedi llwyddo, o ran hynny. Os oedd popeth arall yn methu, fod gen i fy nghorff i – George – a chorff o ddŵr – y Ddyfrdwy. Ac wrth i Nan ddweud rhywbeth am . . . lol a chyfrifoldeb a'i bod hi'n amser i mi ystyried rhywbeth neu'i gilydd . . . ddwedais i ddim. Jest aros iddi orffen ei phwt. Ystyried be, d'wed? Ac wrth aros iddi orffen . . . w'chi be? – mi sylwais i ei bod hi wedi mynd yn dawel ac yn aros i mi ddweud rhywbeth, yn aros ac yn syllu fel 'tai hynny'n mynd i lusgo ateb allan o 'ngheg i. Ei haeliau hi wedi'u codi a'i llygaid hi'n berffaith grwn ac mi wrthodais i siarad. Wir, beth oedd dyn i' ddweud yn y ffasiwn sefyllfa? Ac yn diwedd, hi ddechreuodd siarad.

'Rwyt ti'n dal at dy dir, felly?' meddai hi.

Allai hi ddim fod wedi dweud unrhyw beth i'w gwneud hi'n fwy pellennig, na allai. Fy nhir?

Ydi, mae môr yn newid afon. A'r daith wedi newid Nan. Hithau'n fud erbyn hynny, a finnau hefyd. O raid.

Wedi diwrnod cyfan yn y dŵr hallt, mae'ch tafod chi'n chwyddo, a'ch gwefusau hefyd. Felly'r unig beth allwn i ei wneud oedd dal fy nhafod allan fel ci a nofio drwy Gaer. Caer, lle roedd Charlotte yn caru Peter. Caer, lle roedd bywyd Cymro'n beth bregus ar ôl chwech o'r gloch os oedd o'n dal o fewn waliau'r ddinas. Caer goch. Caer fregus goch a'i waliau tywodfaen yn rhedeg fel rhubanau i'r afon.

Achosais i dipyn o stŵr yn fan'no – plant yn rhedeg hefo fi, yn cyhoeddi, '*You're in the river!*'

Wel, wel!

Tai anferth. Pontydd, llawer ohonyn nhw erbyn hynny. Gweiddi unwaith o dan bob un er mwyn clywed fy llais fy hun yn dod yn ôl. Pont Grosvenor sy'n un dda, a Hen Bont y Ddyfrdwy yng Nghaer, gwell fyth. Wel, mae honno bron mor hen â chyfreithiau Hywel Dda, ac mae hanes yn gweiddi'n ôl atoch chi'n fan'no. Wedyn camlesi: gwarth llwyd, ond sticio ati oedd raid. *Swimming along, swimming along.* Cadw cwmni ag ysbryd, ysbryd yn nofio camlas yr holl ffordd adre.

Ac wrth weld y diwedd, doedd dim rhaid nofio'n

galed, â'r afon yn ddigon cryf. Fan'no roedd y pethau oedd hi wedi'u llusgo hefo hi o'r tir, yn crafu heibio hefo mi ar groen yr afon: pren, deiliach, darnau papur, bywyd marw, ynysoedd o ewyn llwyd. Popeth yn llifo heibio, dim amser i suddo, popeth yn pwyso ar gryfder yr afon fewnol yn llifo'n dawel, heb smic, fel gwaed drwy gorff. Neb o'n cwmpas ni i sylwi. Fi a hithau, i'r môr.

Roedd Nan yn hwyr. Mi eisteddais ar ddarn o goncrit ac edrych ar Aber Dyfrdwy, Cymru i'r chwith i mi a Lloegr i'r dde. Pendroni yno, crafu'r halen o 'nhafod hefo'm dannedd, a'i deimlo fo'n wydn. Gwylio crëyr glas yn ysgwyd ei ben arna i'n araf bach, yn gwaredu.

Wyddoch chi, wrth eistedd yno, daeth y syniad yma i mi, y gallwn i fynd i edrych oedd Charlotte adre. Ond doedd gen i ond trôns nofio. A'r mwya arhosais i, y lleia awyddus oeddwn i i symud. Mae o fel nofio mewn cwyr – môr, wyddoch chi – y peth yn caledu arnoch chi fel cragen cannwyll fyw, wedyn. A phan gyrhaeddodd Nan, yno roeddwn i, yn dal i eistedd yn yr un siâp. Halen yn cracio arna i. Does wybod pryd gyrhaeddodd hi, ond roedd hi'n hwyr. Traffig, meddai hi. Allwch chi goelio 'mod i wedi bod yn gyflymach yn yr afon?

Ac ar ddiwedd y daith, fel'na, dwi'n gwybod nad ydw i'm byd sbesial. Gwas ffarm, a hynny mewn cyfnod o hanes pan mae llai a llai o alw amdanyn nhw. Fues i'n edrych ar y cyfrifiad yn archifdy Dolgellau –

mae o ar gael i unrhyw un, cyn belled â'ch bo' chi ddim isio gwybod dim byd am unrhyw un allech chi fod yn ei nabod – unrhyw un byw, o ddim i gant oed. Dyna i chi ddau gan mlynedd yn ôl, er enghraifft, roedd rhyw bump o weision ym mhob ffarm. Naw yn Rhiwedog. Yn ystod 'Rhyfel, carcharorion yn gwneud gwaith gwas ffarm. Rŵan, peiriannau gan bawb. Na, dwi'n ddim byd sbesial ond rydw i'n berchen y Ddyfrdwy ac mae hynny'n rhywbeth.

· ·

Roedd sôn yn y papur ddarllenais i'r bore 'ma – ben bore, yn methu cysgu – sôn am lifogydd anferth yn Ewrop. Afonydd yn llofftydd pobl. Ac os na fedrith dŵr ddod i mewn i'r tŷ drwy'r drws, mae o'n dod i fyny'r peipiau, gorfodi ei ffordd i mewn drwy'r toilet a'r sinc. Bustl o beth. A bod pobl yn Portiwgal yn codi waliau rhwng eu stafell 'molchi a'u stafell fyw i gadw'r dŵr rhag ymosod arnyn nhw o'r tu mewn. Creu lle arbennig iddo fo, fel stafell i'r gŵr gwadd digroeso a'i fordio fo i fyny yno. Mae o'n fy mhoeni i.

Ac mae'r gaeaf wedi bod yn greulonach byth 'leni. Mae hi'n oer. O, mae hi'n gythreulig o oer. Ddweda i wrthoch chi beth fyddai'n c'nesu 'nghocls i: Bovril, mewn bowlen. Stwff da.

Lwcus i Pete ei fod o wedi marw – fydde fo ddim yn hapus hefo'r gaeaf 'ma, dim o gwbl. Hen gorff gwael sydd gen i rŵan. Ddylwn i ddweud hynny wrth y doctoriaid 'na. Rhowch un newydd i mi! Un heb wythïen siâp y Ddyfrdwy sy'n brifo fel clwyf, dim ond wrth edrych arni.

Ond dyna ddylwn i ei gael: Bovril. Dyna geith wared o'r blas afiach 'ma yn fy ngheg, 'falle. Siŵr fod gen i beth yn rhywle. 'Tydi o byth yn mynd yn hen, nac 'di? Y dyddiau yma, mae meddwl am rywbeth fel yna'n medru cymryd drwy'r dydd. Nac 'di, siŵr. 'Tydi o ddim yn mynd yn hen, Bovril. Mae o'n stwff da. Dŵr poeth, a boddi darnau bara ynddo fo. Yfed o'r fowlen wedyn. Ac mae rhywbeth drwg yn hynny, fel 'tase cyffwrdd gwefus wrth ymyl powlen yn anfoesol, yn wahanol i gwpan.

Allwn i ddim dygymod â dim byd arall, ar ôl dod yn ôl hefo Nan, o Gaer. Wedi cael syrffed ar fwyta o hyd. Isio Bovril.

Ond Nan? Cyn gollwng ei phac, cyn dweud helo wrth y plant a chyn mynd i'r lle chwech, roedd Nan, yn syth allan o'r car ac yn y gegin. Fan'no roedd hi, fel 'taswn i'n mynd i gario 'mlaen i fwyta digon i deulu cyfan am byth, yn cwcio. A brathu bob tro y byddai rhywun yn gofyn pam, neu, 'Wyt ti'n iawn, wyt?' Chwilota yng nghefn drorsys am ryw sosban jam oedd heb ei defnyddio ers oes Adda. Fyddech chi'n taeru mai hi fu'n nofio a bod angen ei hail-lenwi hi.

Aeth hi'n wan yn gynta ac yna'n llai pigog. Dioddef annwyd neu ffliw byth a hefyd ac yn dweud, yn y gwely, â'i llygaid hi ar gau, 'Deffra fi hefo rhywbeth cryf, wnei di?'

Wnes i erioed ddallt beth oedd ar Nan, 'radeg honno. Roedd hi allan o 'nghyrraedd i, erbyn meddwl. Rhyw ran ohoni wedi mynd ar goll. Yr un un Nan oedd hi – baglu dros ei charrai, gollwng wyau, chwerthin am hynny a ballu – ond yn amlach nag o'r blaen. A rhwng gwneud hynny, cysgu fel cath o gwmpas y lle, yn unrhyw le. Wrth y bwrdd yn y gegin, a deffro efo ôl ei modrwy briodas ar ei thalcen; ar lawr y ports wrth roi trefn ar welingtons pawb; ac yn y gadair swsian, wedi cyrlio'n dynn a'i phen hi'n llipa dros fraich yr S i mewn i'r sêt wag wrth ei hochr. Dweud, 'Wel, dyna i ti beth!' wrth ddeffro, fel petai rhywun wedi'i chario hi yno yn ei chwsg i chware tric arni. A dweud dim byd cas am y Ddyfrdwy wedyn. F'anfon i allan fin nos ar ôl swper, i nofio, hyd yn oed. Ond po fwya roeddwn i'n nofio, y mwya gwantan oedd hi'n mynd. Dal i gwcio, cwcio rownd y ril. A minnau'n hollol fodlon hefo'r 'gosa peth i fwyd babi. Y peth symla – Bovril mewn bowlen.

Tra bo hi a'i phen yn ei photes, mi fues i'n sgwennu hanes y daith nofio ar y bwrdd yn y gegin – mi cewch chi o, o dan 'Hawlio eiddo' – sgwennu fel ro'n i'n nofio, fel 'tase dal ati yn mynd i achub 'mywyd i. Nan yn ei brat, yn sbio arna i – dim ond syllu – a golwg fel y crëyr glas 'na arni. Dweud dim.

• •

'Ddylech chi fod wedi siarad hefo S4C, Taid,' meddai Tracey, flynyddoedd wedyn, 'i wneud *feature*.' Roedd hi'n llawn syniadau am gael rhyw gyflwynydd byd natur enwog – dw'n i'm pwy – yn 'nilyn i. Yr 'yps a'r downs.' Y math yna o beth.

Alla i ddim meddwl am ddim byd gwaeth.

'Pa S4C?,' meddwn i. 'Yn 1958?' Ac mi allech chi weld y cogs yn troi wrth iddi hithau feddwl, 'Wel, y tro nesa, 'te,' fel petai gwir ddisgwyl i mi nofio'r Ddyfrdwy gyfan eto. Neu ai fi sy'n gobeithio y gallwn i wneud hynny?

'Paid gadael i Taid dy flino di,' mae Hywel yn ei ddweud. 'Paid â'i annog o rŵan, wneith hynny ddim lles.' Pethau fel'na. Ond ryden ni'n dod ymlaen yn iawn, fi a Tracey. A Ceri hefyd, ar wahân i'r ffaith eu bod nhw'u dwy yn byw'n rhy bell i neb flino ar neb.

Pa obaith sydd gen i os na fedra i esbonio'r prid wrth blant fy mhlant? Siawns y medra i 'u perswadio nhw, o bawb, i ddweud, Taid – y dyn *sydd* bia'r Ddyfrdwy a'r dyn nofiodd hi i brofi hynny.

Wrth i mi groesi'r bont, mae'r bwtsiar Edi'n gweiddi, 'Mr Owens!' o lan yr afon o'dana i. 'Mr,' cofiwch, fel 'tase fo'n blentyn eto ac yn edrych i fyny a finnau'n gawr ar y bont. A hynny cyn bod yn ddiawl bach mor amharchus wedyn, yn syth bìn.

'Ydech chi ddim am nofio heddiw, Mr Owens?' meddai fo. Peth hawdd ydi bod yn wawdlyd, yn'de?

'Nac ydw,' meddwn i.

Fyntau'n fy herio fi hefo'i, 'Ond, Mr Owens, rydech chi'n nofio ym mhob tywydd, meddech chi?'

Ac mi ddwedais i 'mod i wedi bod, ben bore, yn barod. Gweiddi hynny. Wel, doedd rhaid.

Casglodd hwnnw belen o eira wedyn, ar hast, a'i thaflu'n flêr ata i. Dyn yn ei oed a'i amser. Ond am wn i, pan fetho popeth arall: cychwyn ffrae mewn siop a chyllell yn ei law o'n barod, dadlau wrth y bar â llond lle o ffrindiau y tu ôl iddo fo, chwerthin ar yr hen ddyn ... pan fetho pob un wan jac o'i ymdrechion, am wn i nad ydi tactics plant gystal â dim. Hitiodd y belen eira'r bont, yn rhy isel o beth gythgam, bellter cred o lle roeddwn i.

Mae hi wedi bod yn fudur. Eirlaw a mwd ym mhobman. Hanner hyn a hanner llall. Byth yn eira penderfynol, del, nac yn law glân. Pelen eira lac oedd ganddo fo. A rhoch wrth ei thaflu. Cogio chware ydi hynny. Fydde fo wedi mwynhau peidio methu'i darged, a chogio ymddiheuro wedyn – Edi.

A dim ond wythnos dwetha oedd hi pan gefais i fi'n hun mewn cornel yn y Bryntirion a fyntau'n feddw ulw, yn mynnu cael stori nofio'r Ddyfrdwy.

'Ac mi glywish i eich bod chi wedi boddi deirgwaith ar y daith, yn'do George Owens?'

'Naddo, naddo,' a 'Naddo,' ddwedais i. Chwilio am George Wyllt oedd o, ei atgyfodi o er ei bleser ei hun, o flaen pawb.

A wyddoch chi beth ddwedodd o, un tro arall? 'Dyma i chi syniad, George,' meddai o. 'Beth am i mi roi'r gwynt i chi ac i chithe roi'r Ddyfrdwy i mi – digon teg?'

Ar adegau fel'na, mi fydda i ar dân isio'i binio fo i'r wal a dweud, be yfflon sy arnat ti, Edi? Rwyt ti'n bihafio fel 'tase genna i ddewis, fel 'taswn i'n medru mynd â'r afon yn ôl i'r siop a dweud, 'Na, dim diolch. Dwi 'di newid fy meddwl. 'Di'r afon ddim yn fy siwtio fi wedi'r cwbl!'

A'r ffasiwn wên sydd ar ei wyneb os *bydda* i'n dweud rhywbeth.

Mae o'n gofyn, rownd y ril, 'Mr Owens, sut mae'ch afon chi heddiw?' A dwi'n dweud wrthoch chi, nid cwestiwn poléit mohono fo. 'Tydi o'm yn disgwyl i mi ateb, 'Mae'r Ddyfrdwy'n iawn, diolch i ti am ofyn. Sut mae busnes hefo ti?' O, nag ydi, dim ffiars. Ond dyna fydda i'n trio'i ddweud, 'Iawn, diolch.' Dim ond hynna, fel yna. Dim byd arall.

Ond, a fyntau wrth yr afon, ac yn siarad fel'na, ro'n i wedi cael digon. Petai Nan yn dal yma. Feiddiai pobl ddim bod mor yfflon o bowld bryd hynny, pan oedd peryg ei hypsetio hi drwy fod yn gas hefo fi. Ond rŵan, rŵan mae pethau'n galed. A wyddoch chi be ddwedodd o? Fod eisiau i mi, 'watshiad allan.' Ei bod hi'n oer, y Ddyfrdwy. Wel, ydi. Yn gythreulig. Fod peryg i'r afon 'ma rewi drosodd eto, medda fo. Ei bod hi'n amser.

Mi gefais i ddiawch o blwc egni. Cofio – os wyt ti'n meddwl fod gen ti'r ffliw, dos i weld dy gariad, ac mi weli di wedyn – dyna be 'di plwc dyn ifanc. Gwir egni a gwir awch, pan fo'i angen. Corff oedd wedi gwneud pethau mawrion un tro. Dim ond rheswm digonol sydd ei angen. Ac mi daflais i belen eira yn ôl. Un gron, un solet wedi'i chrafu o rew ac eira oedd yn lluwch yng nghornel pont Llan, a charreg go sylweddol yn ei chanol hi hefyd. A'i thaflu. Slaffar o ergyd. Ergyd fanwl gywir, reit at ei lygad chwith. Ac mae'n fy nhiclo i, meddwl am ddyn naw deg dau oed, fel fi, yn taflu pelen eira. Yn plesio.

Wir i chi, allwn i fod wedi bod yn ddyn ifanc, yn edrych ar yr un afon. Yn gweld ei daid, Tom, yn osgo Edi. Yn llais croch Edi. Digon i ddychryn dyn, swn fel'na, erstalwm.

Hen ydw i. Hen ddyn. Ac mi ddweda i hyn: nid edrych yn ôl ar hyd amser fel llinyn mae rhywun yn ei wneud, ond i lawr, trwyddo fo, fel drwy ddŵr.

Ac fe aeth corff Edi fel dyfrgi mawr marw, at y llyn tro. 'Tydi o ddim ond yn iawn. Herian am yr afon o hyd. Be arall allwn i fod wedi'i wneud hefo'r cyfrifoldeb sydd gen i, ond ei hamddiffyn?

Mae'r byd yn gwella'n ara deg. Un neu ddau yn dechrau deall mor bwysig ydi perchnogaeth dyfrffyrdd y byd; pobl llawer pwysicach a mwy dysgedig na fi yn sylweddoli bod llwybr dŵr a gwaed yn un. Gwrandwch ar hyn – dyma i chi'r darganfyddiad mawr wnes i'n ddiweddar – erthygl gan ryw Ddoctor Rhywbeth yn sôn am sut mae dŵr a dyfrffyrdd yn perthyn i rywun.

Wedi bod yn astudio systemau dyfrio ym Madagascar mae o, ac wedi deall fod un gangen o gamlas yno yn perthyn i un aelod o'r teulu, a changen arall i aelod arall. Hirnant, Caletwr, Dyfrdwy. 'Falle mai dim ond llais un neu ddau 'sgolar sy'n dweud gair o sens ar hyn o bryd, a hynny dim ond ar gael mewn erthyglau anodd eu ffeindio, ond tydw i ddim yn eu dychmygu nhw. A tydw i ddim ar fy mhen fy hun yn y byd 'ma. Edrychwch o dan 'Ll' am 'Llinach' yn fy ffeil felen. Fe welwch chi. Fe welith pawb, fi sy'n iawn.

Mae Hywel a Gwên wedi stopio gwrando. Bellach, dim ond sôn wrth y ddwy wyres fydda i'n ei wneud, am yr eiddo y byddan nhw'n ei etifeddu. A siawns y bydd y byd wedi gwella erbyn i'r berchnogaeth gael ei throsglwyddo iddyn nhw – y bydd o'n gyfrifoldeb haws i'w gario. Yn Awstralia y mae Ceri. Digon agos i ddwy Ddyfrdwy, meddwn innau wrthi. Tasmania a Queensland ar stepen drws, waeth i chi ddweud. A Tracey, wel, mae hi wedi mynd â phriodi ŵyr Vittorio Castello yn yr Eidal, cofiwch. Victor Castell, yn llifo reit 'nôl mewn i 'mywyd i, fel'na. Ddylwn i fod wedi cymryd mwy o sylw o'r hen Vittorio 'na. Mae'n rhaid ei fod o'n dŵad o dylwyth da. Pwy fase wedi meddwl? A finnau'n rhy hen – na – yn cael fy ystyried yn rhy hen i fynd i'r briodas.

'Rydech chi'n tynnu pobl ddiniwed i mewn i'ch byd chi,' meddai Gwên. Ac y byddai hynny'n beryg bywyd yng nghanol yr holl bobl. Llond yr eglwys a'i hanner hi'n llawn o Eidalwyr, y teulu yng nghyfraith, pobl nad oedden nhw ddim yn deall fy nghefndir i. Nage chwaith, dim hynny ddwedodd hi, erbyn meddwl. Peth'na ... cyflwr, nid cefndir ... y gair *yna* ddwedodd hi.

Mi fydda i'n meddwl, mor braf fyddai medru profi'n ddi-ffael – cyn i mi farw – mai fi bia'r Ddyfrdwy. A'r unig beth y medra i feddwl ydi fod yn rhaid i mi ffeindio tyst. A hynny ar frys. Anghofio am Rwden a'i frad a mynd ar drywydd rhywun arall. Ar y ffordd i Ddolgellau yng nghar Tom y diwrnod hwnnw, roedd dau lwynog ar y ffordd, wedi marw. Y ddau'n wynebu'i gilydd a'u cynffonnau'n syth y tu cefn iddyn nhw. Un oedd wedi'i ladd, fwy na thebyg, a'r llall wedi dod i'w weld o, a chael clowten gan gar arall. Ond dyna i chi olwg oedd ar y ddau, yn smart, ar ganol sws, ac wedi marw. Ac ar y ffordd 'nôl, mi feddyliais i ofyn i Tom stopio a'u symud nhw. Rhag achosi crash neu rywbeth wrth i bobl drio'u hosgoi nhw, ac er mwyn dangos tipyn o barch i'r ddau, ond dario, roedd y ddau'n chwdrel erbyn hynny. Felly mae 'na fwlch o ryw awr yn fan'na. Siawns fod rhywun arall wedi'u gweld nhw, cyn iddyn nhw gael eu difetha gormod. Ac fe fyddai hynny'n profi, o leia, mai yn Nolgellau oeddwn i ar y diwrnod hwnnw. Ac fe fyddai hynny'n rhywbeth.

Ond eto, meddyliwch y straffîg – trio ffeindio rhywun oedd yn fyw bryd hynny, heb sôn am rywun oedd ar y ffordd yna rhwng tri a phedwar o'r gloch, ar Ragfyr y degfed, 1938. Tydw i braidd yn hwyr yn meddwl am y peth? Pa obaith?

O leia mae gen i drydedd genhedlaeth. Ydech chi'n

meddwl fod modd eu hastio nhw – Ceri a Tracey? Maen nhw'n briod rŵan, y ddwy. Plant nesa. Ond bob tro fydda i'n siarad efo nhw am y peth, maen nhw'n dweud, 'Ond Taid, *tydech* chi ddim yn nofio, yn nag 'dech, Taid?'

'Ydw, siŵr,' fydda i'n ddweud. Mae isio rhoi rhywbeth iddyn nhw boeni amdano fo.

Fydda i ddim siŵr iawn. Ond 'falle gwna i, fory neu drennydd.

Rydech chi wedi fy nal i'n fan'na rŵan. Na, fydda i ddim *yn* nofio bellach. Ond mi fydda i'n dweud fy mod i. Dyna be dwi isio'i wneud. Mae hynny'n ddigon da, 'tydi?

Ond tydw i ddim wedi nofio yn y Ddyfrdwy ... dim ers Llanw Coch Awst '92, a bod yn fanwl gywir. O'n, ro'n i 'di gwneud smonach o 'mywyd, yn ôl llinyn mesur pobl fel Hywel a Gwên. A Nan wedi mynd – fel y gwnaeth hi. Finne wedi gorfod symud tŷ i'r lle bach yma, heb ardd gall na lle i anifail. Ond o'n i'n nofio, 'doeddwn: glaw neu hindda.

A 'falle 'mod i wedi mynd ar gyfyl y twll tro 'na unwaith yn ormod. Grymus o beth oedd y llanw y diwrnod hwnnw. Anoddach nag arfer, a minnau'n ennill a cholli am yn ail. Go dratia! Un wael ydi'r Gymraeg 'ma. Ennill a cholli tir mae pobl yn ei ddweud, 'de? Ydech chi'n gweld sut mae'r Gymraeg a'i thraed yn solet ym myd tir a phridd a chraig? Ac yn amhriodol ulw yn y sefyllfa yma sydd gen i. Heb sôn am fod yn anaddas ar gyfer ei thramwyfeydd dŵr ei hun.

'Nid pysgod a greodd y Gymraeg, George,' meddai'r athro Cymraeg 'na yn Ysgol Ramadeg y Bala wrtha i. Beth oedd ei enw fo, 'to? Wyneb babi, oglau cetyn, caru T.H. Parry-Williams, ei lawysgrifen o'n feiblaidd i gyd. Go drapia! Wel, fo. Mi ddaw ei enw'n ôl i mi. Ond fo oedd yn mynnu dweud pethau fel, 'A! Ryden ni ar dir cadarn hefo T.H. Parry . . .' Wir – fel ei fod o wir yn credu mai ar dir sych a solet y mae traed bardd! Dwi'n amau'n fawr!

Ta waeth. Ennill a cholli oeddwn i – mi wneith hanner ymadrodd y tro am rŵan – a phwy oedd y ffwlbart ddwedodd nad ydi afon ddim ond yn mynd un ffordd? Wel, yn hollol amlwg roedd hi'n fy nhynnu fi bob sut. Yn mynd yn ei blaen ac yn mynd yn ei hôl, a'r un dŵr yn ymddangos o 'mlaen i ac wedyn y tu ôl i mi mewn rhyw hyrddio gwyllt. Nid 'mod i'n cwyno. Fi oedd yn dewis mynd 'nôl am fwy, wastad.

Ddylwn i fod wedi troi tua'r lan yn gynt 'falle. Ond hawdd ydi dweud, wedyn. Ac o dan bont y Llan yr es i. A phopeth yn frown. Dŵr meddal yn fan'no. Dŵr â blas – nid amhleserus – blas blynyddoedd, blas lleder hen wats. A'r sŵn wrth i mi gael fy mhoeri rownd a rownd yn y pwll tro 'na! Sgyrsiau rhyfedd, sibrydion, ond dim ond yn eu darnau cofiwch. Brawddegau fel gwymon, gormod o ocsigen rhwng geiriau. Mae'n lle dychrynllyd, y pwll tro 'na.

Swimming along, swimming along. Mi allwn i 'i deimlo fo yno, y diwrnod hwnnw fwy nag erioed, a finnau'n hofran marw, bron, yn y dŵr. Teimlo fel yr ysbryd hwnnw, yn dal a dal i nofio. Felly do, bron iawn iddi fod yn drech na fi . . . 'rafon. Ond er tegwch: 'tydi 'bron iawn' ddim yn ddigon i roi diwedd arna i.

Rhyfedd sut mae amser yn gwibio heibio – dros bymtheg mlynedd bellach – a finnau'n dal i ddweud, 'Fi sy'n nofio'r Ddyfrdwy.'

'Falle'r af i heddiw. Mae celwydd yn iawn, wedyn, 'tydi?

Mae gorfod gweld a phrofi'r byd o'r tu ôl i ffenest car yn greulon o beth. Neu ffenest tŷ, gwaeth. Es i gynne fach, i barcio'r car ar ochr y ffordd i wylio dŵr yr afon. Meddwl nofio, cofiwch. Mae trôns yn y bŵt, wastad, rhag ofn. Ond fel dwedais i, nofio pan fydd neb yn gwylio fydda i'n ei wneud, ac roedd rhywun yno, yn stelcian lle ddylai o ddim bod, wrth f'afon i. Ac mi ofynnais iddo fo adael.

Es i i'r mynydd, wedyn, er mwyn bod ar y topiau ac edrych i lawr. Roedd eira mawr yno, mwy nag yn y Llan lle roedd ceir wedi'i 'sbyddu o. O leia chwe modfedd, a'r grug yn gwneud iddo edrych yn dewach fyth. Sut oeddwn i'n arfer dygymod â bod allan yn ei ganol o? Cerdded a cherdded a cherdded erstalwm, dim ond i ddwrdio polyn i mewn i'r eira bob cam. Does wybod. A dim ond sach dros fy mhen? Sut oeddwn i'n dal y sach uwch fy mhen gyhyd, hyd yn oed? Mi welais i fwyalchen y graig yno, a thinwen – nhwythau'n gandryll efo'r holl eira. Unlle i eistedd. Ond dim ehedydd eto. Sens gan ambell aderyn; yr ehedydd yn un. Ac mi ddois i'n ôl adre.

Teimlo fod unlle i fynd, rŵan. Eistedd ychydig. Yn y pasej: eistedd nes cyffio. Sgrwb o ardd sydd yn y lle 'ma. Dim eirin Mair. Meddwl am darten, un o rai Nan, yn rhy aur ar y top i ennill mewn 'run sioe. Bwyta hen beth Mr Kipling fydda i rŵan – tarten yn y meicro a joch o laeth ar ei phen hi wedyn yn y bowlen. 'Tydi o ddim 'run peth – dim patch ar un Nan. Ond be wna i am hynny, rŵan . . .

Pob math o bethau sydd gen i yn y pasej allan yna, pethau heb gartre naturiol yn y tŷ newydd. Hen gaets ieir a chlicied lleder arno fo. Oglau ieir arno fo hefyd. Dim ieir. Hen lechen to roedd Hywel wedi'i dwyn ryw dro, a pheintio'i enw arni hi pan oedd o adre'n sâl hefo'r Frech.

Ac mi eisteddais i yn y pasej am sbel, eistedd yno yn edrych ar hen bethau o bell, pethau'n gwneud i mi berthyn. Edrych yn iawn. Awydd chips. Tampio yn y diwedd, yn eistedd yno. Un di-lun ydw i. Mi fydda i'n gwneud pethau weithiau, a difaru.

Llond trol o ddiolch i'r canlynol:

Sian Owen am ei haelioni a'i hegni wrth olygu'r gyfrol. Mairwen Prys Jones yng Ngwasg Gomer.

Henry Ryder am y pysgodyn glas, Rhys Davies am y map, Anne Cakebread am ei llygaid craff a'i hyder.

Yr Academi, am ei hanogaeth ac am fwrsari yn 2007 a brynodd ryddid i ennill tir gyda gwaith ysgrifennu, y cyfle prin i weithio heb gael fy ngwyro gan gyfrifoldebau bob dydd, a'r bywyd hyfryd o fyw mewn iwtopia o lyfrau. Gwelir ôl y cyfnod hwnnw ym mhopeth.

Athrawon ac awduron: Glyn Churchill, Buddug Griffith, Tom Normand, Michèle Roberts, Patricia Duncker, Andrew Cowan

Jim Perrin, am ystafell i mi fy hun i mi gael ysgrifennu'r gyfrol.

Am eiriau positif pan oedd angen hynny'n union, ac am y sgyrsiau hynny sy'n gwneud i rywun feddwl fod bywyd mor dda: G Bradley, Cécile Camart, Glenda Davies, Megan Dunn, Jon Gower, Carrie Koscher, Dafydd Llewelyn, Owen Martell.

Tudur Davies a Hywel Davies am rannu obsesiwn am hanes y Ddyfrdwy gyda mi.

Taid Bryn, storïwr mynydd a gwyddoniadur lleol.

Yn olaf ond yn holl bwysig, diolch i'm teulu bendigedig ac i Ludovic Coupaye am gerdded hefo fi.